让女孩着迷的世界公主故事集

PRINCESS

美德卷

花朵朵　主编

U0319455

化学工业出版社

·北京·

前言
QIANYAN

每一个女孩，都是公主。

每一个国家的女孩，都有着她们独特的风情。

翻开这套书，你会发现：这里的女孩，有着金头发、红头发、黑头发；有着白皮肤、黄皮肤、黑皮肤；眨着蓝眼睛、绿眼睛、黑眼睛；说着英语、法语、汉语、阿拉伯语……

你看——

天鹅城堡中，德国女孩优雅地靠在窗前，垂下金丝般美丽的长发，憧憬着城堡外的世界；

飘雪的原野上，俄国女孩坐在雪橇上飞驰而过，留下一路欢声笑语；

金色的沙漠中，阿拉伯女孩穿着宽大的长袍，骑着骆驼缓缓前行；

还有一群印度女孩，身披色彩鲜艳的纱丽，在古老的恒河边跳着热情的舞蹈……

　　她们的肤色、语言、民族风俗是那样不同，但都给我们留下了一个个迷人的故事。

　　这些故事流传到世界各地，像一粒粒的种子，播撒到全世界小朋友的心中。

　　它们告诉我们——

　　无论处境多么艰难，都要像她们一样拥有阳光般的心态；

　　无论命运多么坎坷，都要像她们一样坚守冰雪般的品格；

　　无论遭遇多么危险，都要像她们一样坚持不懈勇敢面对！

　　亲爱的小读者，读完这些故事后，相信你一定能从中获得满满的正能量，做一个真正优雅、乐观、自信、勇敢的公主！

目录

森林王和小公主

（意大利）

美丽的小公主遭到两个姐姐陷害，被父王赶出了王宫，来到了一片大森林里。在那里，她遇到了可怕的森林王。森林王会吃掉她吗？

从前，有一个国王，他有三个女儿。其中，大女儿和二女儿长得十分普通，只有小女儿长得像那池中的水仙花一样惹人喜爱。国王也格外疼爱小女儿，总是把最好的东西给她。

两个姐姐心里十分嫉妒。她们经常趁着没人的时候，欺负小公主，撕坏她的裙子，在她的被褥里放小虫子……善良的小公主却什么也没说。

转眼间，公主们长大了，都到了出嫁的年龄。每天，许许多多的贵族王子来到王宫，向三位公主求婚。可王子们的目光总

是落到小公主的身上，对两个姐姐不理不睬。

因此，两个姐姐恨透了小公主，她们甚至商量说："总有一天，我们要让这可恶的小丫头彻底消失！"

一天，两个姐姐陪着国王在花园里散步。大公主突然对国王说："尊敬的父王，我们最近都做了一个不好的梦，真不知道该不该告诉您。"

国王问道："什么梦？"

二公主凑到国王的耳边，轻声说："我们梦见小公主和一个低贱的仆人相爱了。"

国王顿时气昏了头，为了避免"噩梦"成真，他唤来一名忠诚的将军，说："我命令你，把小公主带到森林里去，用剑将她刺死，再把蘸着血的剑带回来见我。"

将军遵从国王的旨意，将小公主带到了一个偏僻的森林里。

小公主不知道危险正向她逼近，还以为将军带她来森林里玩耍呢！她一会儿摸摸路旁娇嫩的小花，一会儿看看树枝上翠绿的树叶，心情好极了。

突然，将军抽出腰间的匕首，向小公主的心脏刺过去。

小公主吓了一跳，顿时脸色煞白，一动不动地愣在了原地。

眼前的姑娘是如此弱小，又如此可怜，将军那颗冰冷的心瞬间被融化了，他放下手中锋利的匕首，对小公主说："我原本奉国王之命，要杀掉你。可是，见你这样可怜，我实在不忍心！"

将军说完，就留下小公主一人离开了。他将匕首蘸上羊的血，拿回王宫向国王交差去了。

小公主伤心极了，她实在想不明白，平日里最疼爱自己的父王，怎么会突然想要杀死自己呢？想着想着，一颗颗晶莹的泪珠从她的眼角落下来。

哭着哭着，小公主累了，便靠在一棵大树下睡着了。

迷迷糊糊中，小公主听到一阵急促的奔跑声。她惊慌地睁开眼睛，看见一只小鹿正朝这边跑过来，它的身后紧跟着一个长着大嘴巴的怪兽。

　　小鹿一边吃力地奔跑，一边用哀求的眼神看着小公主，好像在对她说："快救救我，快救救我。"

　　小公主跑过去，勇敢地挡住那个长得像老槐树一样的怪兽，说："请你不要伤害这只小鹿。"

　　怪兽发出重重的喘气声，对小公主说："快走开，我森林王想吃什么就吃什么。"

　　小公主心里很害怕，但她还是鼓起勇气再次恳求道："尊敬的森林王，这只小鹿多可怜啊！请你放过它，好吗？"

　　森林王见小公主长得娇嫩又可爱，心想：她一定比小鹿更美味。

　　森林王美美地点了点头，对小公主说："我可以放过它，不过你得答应我一个条件。"

　　"什么条件？"小公主眨着水汪汪的大眼睛问道。

　　森林王说："条件就是，你得跟我走！"

　　小公主看了看一旁瘦弱的小鹿，认真地想了想，然后坚定地回答道："好的，我跟你走！"

　　就这样，小鹿得救了，善良的小公主被森林王带走了。

　　森林王将小公主

带到了森林深处的一座阴森的宫殿里，张开他那黑洞一样的大嘴巴，想要一口吃掉小公主。

小公主突然大声说："森林王，这是你的家吗？"

"是啊！"森林王一脸疑惑地问道，"怎么了？"

"你的家实在太乱太脏了，让我来帮你打扫一下吧！"小公主回答道。

森林王心想：那就等她收拾完屋子，再吃她吧！

小公主找到一把扫帚，认真地扫起地来；扫完地，她又擦起了桌子和窗户。不一会儿，森林王的宫殿竟然被小公主打扫得一尘不染。森林王很满意，可他还是要吃了小公主。

小公主又说："森林王，你的衣服实在太破了，让我来帮你缝一缝吧！"

森林王心想：那就等她缝完衣服，再吃她吧！

森林王脱下他那破烂的旧衣服，交给小公主。小公主的手真巧，不一会儿，衣服就缝好了，

像新的一样。

　　森林王将缝好的衣服拿在手里，又是瞧又是摸，喜欢得不得了。他想了想，对小公主说："你这样能干，就留下来做我的干女儿，帮我做家务吧！"

　　就这样，小公主在森林王的宫殿住了下来。

　　一天清晨，森林王去森林打猎了。小公主独自一人坐在窗边编辫子。

　　这时，一只鹦鹉飞过来，对小公主说："美丽的姑娘啊，就算你的辫子编得再好看，森林王还是会吃了你！"

　　鹦鹉说完，拍着翅膀飞走了，留下小公主坐在窗边伤心地落泪。

　　森林王打猎回来，看到小公主在哭，就问她发生了什么事。小公主便将鹦鹉说的话告诉了森林王。

　　森林王一听，顿时火冒三丈，他对小公主说："那只讨厌的鹦鹉要是再来，你就对它说，鹦鹉啊鹦鹉，我要把你的羽毛拔光，做成一把扇子，挂在窗前。"

　　第二天，鹦鹉果真又来了。小公主就对它说了那些话。

　　鹦鹉听了，气得拼命抖动翅膀，将羽毛抖落了一半。就这样，鹦鹉带着一半的羽毛飞走了。

　　鹦鹉飞呀飞，飞到了它的主人身边。原来，它的主人是一个邻国的国王。

　　国王看见鹦鹉只剩下一半羽毛，觉得很奇怪，就问道："谁的胆子这样大，竟敢拔掉国王鹦鹉的羽毛？"

　　鹦鹉一脸委屈地说："我刚刚去了森林王的家，他的女儿说要拔光我的羽毛，做成扇子。"

　　国王越发好奇了，对鹦鹉说："怎么回事？带我去森林王那儿看看。"

　　在鹦鹉的带领下，国王骑着马来到了森林王的宫殿前。这时，美丽的小公主正站在窗前梳头呢。

年轻的国王一下子就被眼前的姑娘迷住了，他自言自语道："我要去见森林王，请求他把女儿嫁给我。"

　　国王见了森林王，说出了自己的请求。森林王虽然舍不得小公主，但还是欣然同意了这门婚事。

　　几天后，王宫里举行盛大的婚宴，森林王也来参加婚礼。

　　当然，小公主的父王和两个姐姐也在宾客的名单中。当他们来到婚礼现场，看到如王后一般高贵的小公主时，惭愧极了，主动向小公主承认了自己的错误。

　　悠扬的舞曲响起来了，人们欢聚在一起，跳起了欢快的舞蹈，一起祝福这对年轻的夫妻。

　　至于那只鹦鹉呢，没人知道它飞到哪里去了。

丑新娘

（英国）

善良的姑娘被后母虐待，却得到了意外的祝福，获得了美貌和金子。正当她要嫁给国王时，继母和继姐却出来使坏了……

从前有个老头儿，妻子死后，给他留下一双儿女。后来，老头儿又同一个寡妇结婚了。寡妇长得丑，心肠也坏。她还带来一个女儿，这个女儿跟她妈妈一个样。

她们来到家里后，兄妹俩受尽了欺负。一天，哥哥实在受不了了，就独自离开了家。几经辗转，他来到王宫，给马车夫当学徒。而可怜的妹妹，则在家里继续忍受着后妈和姐姐的虐待。

一天，后妈让妹妹去打水。妹妹刚来到井边，忽然，从水井中伸出一个又脏又丑的脑袋，对她说："帮我洗洗头，好吗？"

　　"好的。"妹妹说完，就去洗那个脑袋。

　　刚洗完，水中又冒出一个更丑更脏的脑袋，对她说："给我刷刷头，好吗？"

　　"好的。"妹妹说完，就用刷子去刷那个脑袋。

　　快要刷好时，又有一个更丑更脏的脑袋伸出来："孩子，亲亲我！"

　　"好吧！"妹妹说完，亲了亲他。

　　随后，三个脑袋凑到一起，商量着怎样报答她。

　　"她应该像晴朗的天空一样美丽。"第一个脑袋说。

　　"每当她梳头时，头发里就会掉出金子。"第二个脑袋说。

　　"每当她说话时，嘴里就会吐出金子。"第三个脑袋说。

妹妹回家后，后妈和姐姐见她变得那么美，气得脸都歪了。当她们发现，妹妹一梳头就有金子掉出来，一说话也有金子掉出来时，气得快要发狂了。

于是，后妈立刻让亲生女儿也去打水。

同样，第一个脑袋要她洗洗头，她说："鬼才给你洗！"

第二个脑袋要她刷刷头，她说："鬼才给你刷！"

第三个脑袋要她亲亲自己，她大叫："鬼才亲你的猪嘴！"

于是，三个脑袋又凑在一起，琢磨着怎样惩罚她。最后，他们让她长出一个滑稽的长鼻子，还有一张丑陋的猪嘴。说话时，嘴里会吐出灰尘。

她哭着、叫着回到家，她妈妈见了，吓得差点晕了过去。

再说说哥哥吧！自从来到王宫，他非常想念妹妹，就给妹妹画了张像，每天为她祈祷。日子久了，大家都知道了这件事。国王也知道了。

一天，当哥哥又在为妹妹祈祷时，国王跑过来敲门："我是国王，快开门！"

哥哥赶紧去开门，由于太紧张，他忘了将画像收起来。国王见到画像后，惊喜地叫道："她真可爱，你快把她接来，做我的王后吧！"

很快，哥哥回到了家中。后妈和姐姐听说妹妹要进宫，也吵着要去。他们一起出发了，妹妹带了一个首饰盒，还有一条小狗。这两样东西，都是她的亲生母亲留给她的。

他们走着走着，前面出现了一个大湖。小伙子找来一条船，他在前面当舵手，后妈和两个姑娘坐在船舱里。过了好久好久，他们才见到陆地。

这时，哥哥说："你们看，快到岸了。"

可风声太大，妹妹没听清，问："你说什么？"

后妈趁机说："他要你把首饰盒扔到湖里去。"

"好吧，不管哥哥要我做什么，我都会去做的。"妹妹说

完，把首饰盒扔进了湖里。

不一会儿，哥哥又说："看到那个城堡了吗？那就是我们要去的地方！"

妹妹还是没听清，问："你说什么？"

后妈于是又说："他叫你把小狗扔进湖里！"

妹妹难过地哭了，还是照做了。

船到岸时，哥哥说："快看，国王来迎接我们了！"

妹妹还是没听清，问："你说什么？"

后妈又说："他叫你跳进湖里去！"

听了这话，妹妹悲伤地流下眼泪。但她还是跳进了湖里。

船上岸后，美丽的姑娘已经跳进湖里死了。国王见到的是一个奇丑无比的姑娘。可是，婚礼早已经准备好了。没办法，国王只好娶了这个又丑又坏的新娘，并生气地把哥哥扔进了毒蛇坑。

几天后，一位美丽的姑娘和一条小狗走进了王宫的厨房。姑娘向女厨师借了把梳子，开始梳头发，每梳一下，就有金子掉下来。

天亮后，姑娘转身朝外走，边走边唱：

"丑恶的新娘你出来，

当我睡在沙石上，

当哥哥在毒蛇坑中接近死亡，

我哭干了眼泪，

止不住心伤，

你却躺在国王的身旁。"

唱完后，她说："我再来两次，就不能来了！"

第二天，女厨师将这件事告诉了国王。国王决定亲自来厨房看看。谁知，这件事被丑新娘知道了。第二天晚上，丑新娘不停地在国王耳边唱催眠曲，国王使劲揉了揉眼睛，但还是睡着了。

姑娘和那天晚上一样，借了一把梳子梳头。天亮后，她又唱起了那首歌。唱完后，她说："我再来一次，就不能来了。"

第三天，国王怕自己又睡着了，就吩咐两个士兵叫醒他。晚上，丑新娘又开始唱催眠曲，国王又沉沉地睡着了。两名士兵走进来，抓着他的胳膊，使劲地摇晃，可还是没把他弄醒。这时，美丽的姑娘要走了，士兵一急，拿起一把小刀放到国王手里，他们抓住国王的手去割姑娘的小拇指，鲜血流了出来，真正的新娘恢复了生命。

国王醒来后，姑娘将真相说了出来。国王立即下令，把她哥哥从毒蛇坑里救出来，并将丑恶的后妈和姐姐扔了进去。

接着，国王和美丽的姑娘坐上马车，飞一般地朝教堂驶去……

女佣的连衣裙

（法国）

可怜的小姑娘，先是失去了妈妈，接着，爸爸也离开了她。她好不容易找到一份女佣的工作，可是，不幸再一次降临……

从前，有一个小姑娘，她家里非常穷。一家人经常吃不饱饭，衣服也是破破烂烂的。

一天，小姑娘的妈妈生病了，又没有钱治病，不久就去世了。这下，她和爸爸的日子更苦了。爸爸找不到活儿干，没法养活她，一狠心，就离开了家。这下，可怜的小姑娘一个亲人也没有了，只好到街上去乞讨。

一天，小姑娘来到一户人家门前，敲了敲门，乞求说："好心的人啊！请给我一点儿东西吃吧！"

女主人开了门，对小姑娘说："小姑娘，你都这么大了，身体看上去也很健康，为什么还要乞讨呢？"

"唉！我实在没有办法啊！"小姑娘说，"我的妈妈死了，爸爸又抛弃了我，我除了乞讨，不知道还能做什么？"

"可怜的孩子！我家正好缺一个女佣，不如你来我家做工吧！如果你愿意的话，我会把你当家人一样看待。"女主人说。

"这真是太好了！"小姑娘高兴地说，"夫人，感谢您的仁慈。"

于是，小姑娘就留在了这里。她心地善良，做起事来又勤劳认真，全家人都很喜欢她。女主人看见小姑娘的衣服太破旧了，就给她买了一条连衣裙，说钱从她的工钱里扣。

可是，没过多久，小姑娘就病倒了，病情一天比一天严重，很快就死了。

女主人惋惜了一阵子后，开始有些后悔。她常常念叨说："女佣就这么死了，连我给她买连衣裙的钱都没赚够。我真是倒霉啊！"

几天后，又一个年轻的姑娘敲响了女主人家的门。

"夫人，您这儿需要女佣吗？"姑娘问。

"啊！姑娘，你来得正是时候。我家的女佣刚刚去世了，你正好可以补她的空缺。"女主人高兴地说。

于是，这个姑娘留了下来。她和前一个女佣一样能干，几乎把所有的家务都包了，而且干得又快又好。女主人暗暗高兴，像捡了个宝似的。唯一奇怪的是，谁也没见过这个姑娘喝水，也没见过她吃饭。

这户人家还有一个小男仆，几天下来，小男仆每天都发现，他头一天劈好的柴，第二天早上就用光了。他决定查出原因。

一天晚上，小男仆趁大家都睡着了，悄悄地来到厨房门口。他朝里一望，天哪！他看见女佣把柴一捆捆放进火炉里，用手一指，木柴就燃烧起来。紧接着，她钻进火炉里，不停地跳来跳去，直到炉火熄灭……

小男仆看得目瞪口呆，他害怕极了，赶紧跑回了自己的房间。

　　第二天一大早，小男仆就对女主人说：“夫人，您不知道我昨天看到了什么……”

　　随后，他把晚上看到的事告诉了女主人。女主人一听，也吓坏了。她把女佣喊了过来，问她男仆的话是不是真的。

　　“是的，他说得没错，”姑娘回答，“那是我应该受到的惩罚。”

　　“我不明白。”女主人说。

　　“夫人，其实我就是那个死去的女佣。您曾经为我买了一件连衣裙，可是，我连裙子的钱都没赚够，就死了。就因为这样，我请求上帝允许我回到人间，等我赚够了裙子的钱，再回天堂。在这之前，我必须努力地干活，并接受惩罚。”

　　“哦！可怜的孩子！”女主人悔恨地哭了起来，说，“请原谅我说过那样恶毒的话，你早已经赚够了裙子的钱，不该再受这样的苦了。”

　　女主人刚说完，姑娘就微笑着消失了。她去了天堂，从此过上了幸福的生活。

小全美

（法国）

小全美就像她的名字一样，是个善良又美丽的小姑娘。有一天，她被恶毒的保姆推到了井里。可怜的小全美会被井水淹死吗？她将有什么样的奇遇呢？

从前，有一个小姑娘，她长得美极了，大家都叫她小全美。她家有一个保姆，心眼儿非常坏。

这个保姆很喜欢偷东西。有一次，小全美看见保姆偷东西，就把这件事告诉了妈妈。因此，保姆恨透了小全美，总想害死她。

有一天，保姆看见小全美在井边玩耍，就拿着水桶，假装去井边打水。她朝井里望了望，装出吃惊的样子说："哇！我看见井底有一朵好美的花儿啊！"

　　小全美好奇地问："在哪里？在哪里？我也想看看。"

　　小全美说着，就俯下身去看，却什么也没看见。就在这时，保姆轻轻一推，小全美"扑通"一声，掉进了井里。

　　过了好久，保姆才大声喊道："小全美在井边玩耍，不小心掉到井里去了！"

　　人们从四周赶来，马上下到井里打捞小全美，可是什么也没找到。大家都以为小全美淹死了。

　　其实，小全美并没有死。她沉到井底，来到了一个漂亮的玻璃房间里。不一会儿，三条龙向她游了过来，对她说："可爱的小全美，欢迎你的到来，以后这里就是你的家了。"

　　第二天，保姆去井边打水，小全美出现在井底。她对保姆说："保姆，早上好！"

　　保姆见到小全美，吓了一大跳，扔掉水桶，连滚带爬地逃走了。

晚上，保姆找到了一个巫婆。她问巫婆："有什么办法可以杀死小全美？"

巫婆从口袋里拿出几颗红杏，对保姆说："她只要吃上一颗红杏，马上就会死。"

第二天早晨，保姆来到井边，小全美又出现在井底。她对保姆说："保姆，早上好。"

保姆哭丧着脸说："小全美，我犯了多么大的错误啊！可是请你相信，我不是故意的。请你原谅我的过错。"

"我已经原谅你了！"善良的小全美回答。

"如果你真的原谅了我，就请吃几颗我诚心采摘的红杏吧！"保姆说着，就把红杏装在水桶里，放了下去。

小全美高兴地拿着红杏回到玻璃房。她刚要吃，三条龙就出现了。它们说："千万不要吃红杏，这上面有毒药。"

又过了一天，保姆来到井边，小全美依然向她打招呼："保姆，早上好。"

保姆又惊又怕。她又找到巫婆，对她说："小全美还活得好好的，我一定要把她弄死。"

巫婆拿出一件红色的长袍，说："这是一件有毒的

长袍，只要她一穿上，就会马上死去。"

第二天，保姆来到井边，对井底的小全美说："井底一定非常冷吧！这是你妈妈亲手做的长袍，赶快穿上吧！"保姆又用水桶把长袍送了下去。

小全美拿着长袍回到玻璃房，本来她已经不相信保姆了，可是，她这次真想试一试妈妈亲手做的长袍啊！

小全美刚穿上长袍，就倒在了地上。

三条龙回来了，看见小全美倒在地上，以为她死了，都非常悲伤。

它们做了一个箱子，把小全美装在里面，然后把箱子抬到海里。涨潮的时候，箱子被海水卷走了。

　　箱子漂呀漂，漂到了一个岛国的海滩上。这个岛国有个年轻的国王。一天，国王去海边钓鱼，看见了箱子。他叫人把箱子打开，看见里面躺着一个比花儿还要美丽的姑娘，她好像睡着了。

　　国王把她带回了家。可是，他用了很多方法，都没能使这个美丽的姑娘醒来。

　　这时，一位女仆说："这位姑娘一定是太冷了，我们脱下她的长袍，给她换一件温暖的袍子吧。"

　　女仆刚为小全美脱下红色长袍，小全美就醒了。她揉了揉眼睛，问："我这是在什么地方呀？"

　　国王看见小全美醒过来了，满心欢喜。他告诉她，这是在他的家里，并问她为什么会在箱子里。

　　于是，小全美把自己的遭遇告诉了国王。国王对她说：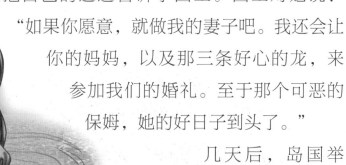"如果你愿意，就做我的妻子吧。我还会让你的妈妈，以及那三条好心的龙，来参加我们的婚礼。至于那个可恶的保姆，她的好日子到头了。"

　　几天后，岛国举行了隆重的婚礼。小全美的妈妈和三条龙都来参加了婚礼。而那个恶毒的保姆，在乘船来岛国的途中，掉进海里淹死了。

花菜下的小猫

（意大利）

可怜的小女孩，失去了妈妈后，又迎来了一个心肠恶毒的后妈。一天，后妈要她去河边挖菊苣，可是，小女孩没有找到菊苣，却发现了一棵花菜……

很久以前，有一个小女孩，她很小的时候，妈妈就去世了。后来，爸爸又给她找了一个新妈妈，新妈妈还带来一个妹妹。

小女孩天真地以为，后妈会像亲生妈妈一样疼爱她，可没想到，后妈的心肠非常恶毒，整天把她当驴子一样使唤，还经常打骂她。

这天，后妈塞给小女孩一个篮子，说："去，到河边挖一篮菊苣回来。"

小女孩提着篮子上路了，她沿着河走啊，走啊，却怎么也

找不到菊苣。

小女孩急坏了，心想：这可怎么办呢？挖不到菊苣，妈妈一定会打死我的。

就在这时，她看到了一棵花菜。"不如先拿它替代吧！"于是，她把花菜拔了出来。

"咦？那是什么？"小女孩朝花菜坑里一瞧，看到了一个大洞，洞口还有一架梯子，一直通到地底下。小女孩好奇极了，就顺着梯子爬了下去，来到了一间宽敞的房子里，里面住着小猫一家。

小猫们在干什么呢？一只在洗衣服，一只在缝被单，一只在洗盘子，还有一只在做面包……每一只小猫都忙得不可开交，谁也没发现这个闯进来的小客人。

小女孩看见了这一幕，就想帮帮它们。于是，她拿起墙角的扫帚，扫起了地，扫完地，又帮一只小猫洗衣服，帮另一只缝被单，帮第三只洗盘子，帮第四只做面包……

不知不觉，到了中午，另一个房间传来猫妈妈的喊声："孩子们，吃饭啦！"

小猫们停下了手里的活儿，邀请小女孩一起来到餐桌旁。

这时，猫妈妈又发话了："谁干活儿了，就坐着吃饭；谁没干活儿，就站着吃。"

小猫们回答："妈妈，我们都干活儿了，但干得最多的是这个小女孩。"

"真不错，你们应该向她学习。"猫妈妈说完，端来了美味的烤鱼、通心粉和鸡汤。小女孩和小猫们一起坐下来，美美地吃了一顿。

吃完饭，小女孩又帮猫妈妈收拾桌子，洗碗扫地，整理房间。做完这一切，她对猫妈妈说："谢谢您的招待，我得回家了。"

"请等一等，我要送一样礼物给你。"猫妈妈说，"你从这里出去，会看到一面墙，墙上有一个洞，你把手伸进去，就能拿到礼物了。"

小女孩走出来一看，果然发现了一面有洞的墙。她照着猫妈妈说的，把手伸进了洞里。过了一会儿，她感觉有什么东西套在了手指上。她把手抽出来一看，呀，每根手指上都戴了一枚金戒指！

小女孩戴着这些金戒

指，高高兴兴地回了家。后妈看见了，吃惊地问："这些好东西是从哪里来的？"

"我帮小猫们干了活儿，这是猫妈妈送给我的礼物。"小女孩把事情都说了出来。

后妈一听，心里打起了算盘。第二天一早，她就对亲生女儿说："你也去猫妈妈家干活儿吧！"

"我才不想去呢！"女儿皱着眉头说。

可是，妈妈还是用棍子把她赶了去。懒女孩来到河边，找到了那棵花菜，走进了小猫们的家。她看到小猫们都在干活儿，觉得有趣极了，就在房间里捣蛋起来。她一会儿扯扯这只小猫的胡子，一会儿抓抓那只小猫的尾巴，小猫们气得"喵喵"大叫。

中午，猫妈妈把小猫们和懒女孩叫到餐桌旁，说："谁干

活儿了，就坐着吃饭；谁没干活儿，就站着吃。"

小猫们回答："妈妈，我们都干活儿了。只有这个女孩什么也没干，还一直使坏。"

猫妈妈摇了摇头，把食物端上了桌。还没等小猫们坐下来，懒女孩就狼吞虎咽地吃起来。吃完了饭，她什么也不做，就对猫妈妈说："我要回家了，把礼物给我吧！"

猫妈妈笑了笑，说："你从这里出去，会看到一面墙，墙上有一个洞，你把手伸进去，就能得到礼物了。"

懒女孩赶紧跑到墙边，把手伸进洞里。过了一会儿，她感觉手上黏糊糊的，赶紧抽出来一看，手指上爬满了可怕的水蛭，甩都甩不掉。

懒女孩只好举着手，哭着回了家，妈妈一看，气得说不出话来。她想帮女儿把水蛭弄掉，可不但没弄掉，自己也粘了水蛭。

从这以后，坏心肠的母女俩每天都和水蛭们生活在一起。而那个小女孩呢，她后来嫁了一个好丈夫，过上了幸福的生活。

粘 住

（意大利）

公主和国王立下了一个约定，谁要是能逗笑她，她就嫁给谁。究竟谁能成功呢？让我们拭目以待吧。

一天，王宫里举行了一场盛大的宴会。宴会上，所有的宾客都有说有笑，只有公主一个人闷闷不乐。

这是一位美丽的公主，就像天上的太阳一样灿烂迷人。那些王公贵族想尽一切办法想把她逗乐，可是没有一个人成功。

国王看见了，就问："亲爱的女儿，你为什么不笑一笑呢？"

"爸爸，我决定了，以后都不会再笑了。"公主皱着眉头说。

国王一听，先是大吃一惊，然后笑着说："这可不是一件容易的事，不如我们来个约定！谁要是能让你笑出来，不管他是

谁，你都要嫁给他。"

"行！"公主爽快地答应了。不过，她又说："我还有一个条件，如果谁不能逗我笑，那么，我就砍掉他的脑袋！"

这件事很快就传开了，各地的年轻人听到消息后，纷纷赶来王宫，都想逗公主一笑。可是，不管是平民百姓，还是王公贵族，没有一个成功的。那些可怜的年轻人，全被砍掉了脑袋。

消息传到一个小村庄，一个穷皮匠的儿子也想去试一试。那是一个头顶长着癞疤的小伙子，村里的人都叫他"癞疤头"。

当"癞疤头"把想法告诉爸爸后，爸爸摇着头说："别做梦了，儿子！你就是把公主逗笑了，她也不会看上你。"

"不，爸爸，我会成为一个国王。""癞疤头"说完，就拿着一块面包、一瓶酒出发了。

他走啊，走啊，没走多远，就碰到了一个穷妇人。

"可怜可怜我，给我一点儿吃的吧。"穷妇人说。

　　"癞疤头"听了，赶紧从兜里掏出面包递给她。穷妇人拿起面包，狼吞虎咽地吃了起来。等她吃完，"癞疤头"又把那瓶酒给她喝了。

　　穷妇人喝完酒，一抬头，突然变成了一个金发仙女。她指着身后的一只鹅，对"癞疤头"说："我知道你要去做什么。我把这只鹅送给你，你要一直带着它。记住，当有人碰到鹅的时候，它就会'呱呱'地叫，这时，你就必须喊'粘住'。"说完，金发仙女就飞走了。

　　很快，"癞疤头"来到了王宫门口。侍卫见到他长了一头癞疤，又抱着一只鹅，就不让他进去。这时，一个侍卫不小心碰到了"癞疤头"怀里的鹅。

　　"呱呱！"鹅大叫一声。

　　"癞疤头"听了，赶紧喊道："粘住！"

　　话音刚落，侍卫的手就粘在了鹅身上。另一个侍卫想把他拉开，鹅又"呱呱"地叫起来，"癞疤头"又喊了一声"粘住"，这个侍卫也被粘住了。

　　王宫里的女仆、厨子、奶妈、管家见了，都来帮忙，结果没一个例外，全都被粘住了。

　　公主听说了这件事，赶紧跑到王宫门口去看。当她看到，管家粘着奶妈，奶妈粘着厨子、厨子粘着女仆，女仆粘着侍卫，侍卫粘着一只鹅时，忍不住"扑

"咏"一下，笑出了声。

国王也出来了，他一看，也哈哈大笑起来。

就在所有人都笑得前仰后合时，"癞疤头"走到国王面前，说："尊敬的国王，现在，请您把公主嫁给我吧！"

国王看着眼前这个满头癞疤，穿着破烂衣服的小伙子，一时说不出话来。

过了一会儿，他对"癞疤头"说："如果你愿意，可以做我的侍从。"

这时，公主却走了过来，对国王说："爸爸，我们曾经约定过，谁要是能让我笑，不管他是谁，我都得嫁给他。作为一个公主，我可不能不遵守承诺！"

接着，她又把头转向"癞疤头"，说："从今天起，你就是我的丈夫了。"

几天后，公主和"癞疤头"要举行婚礼了。当"癞疤头"洗完澡，穿上贵族的衣服，出现在大家面前时，所有人都惊呆了，他简直就像一位高贵的王子。

随后，"癞疤头"把爸爸也接到了王宫，在亲人的祝福下，他和公主正式结为夫妻。

吃了七条鱼

（意大利）

塔西亚和外婆住在一起。一天，趁外婆不在，她和一只小猫偷吃了外婆的七条鱼。为了躲避外婆的责骂，塔西亚离家出走了……

从前，有个老太太，她和外孙女塔西亚住在一起。每当老太太出门时，塔西亚就在家里做家务。

这天，老太太买了七条鱼回家，她把鱼交到外孙女手里，说："塔西亚，我要出去一趟，你把这七条鱼煮熟了，等我回来一起吃。"

塔西亚点了点头，外婆一出去，她就开始煮鱼了。

煮了一会儿，鱼的香味从锅里飘出来，飘出窗子，钻进了隔壁家小猫的鼻子里。小猫流着口水，跳到窗子上，对塔西亚叫道：

"喵呜，喵呜，

拿出一条鱼，

你一半，我一半。"

塔西亚吞了吞口水，就从锅里拿出一条鱼，一半给了小猫，另一半自己吃。

小猫吃完了，又流着口水叫道：

"喵呜，喵呜，

拿出一条鱼，

你一半，我一半。"

塔西亚想了想，又拿出一条鱼，一半给小猫，另一半自己吃。

接着是第三条，第四条……就这样，他们吃了一条又一条，最后，七条鱼都跑进了他们的肚子里。

小猫吃完鱼，打了个响亮的饱嗝，"嗖"的一下，不知道跑到哪里去了。这下，只剩塔西亚一个人在那儿发愁了。

"外婆回来后，看见鱼被吃光了，一定会生气的。"塔西亚越想越害怕，就收拾了行李，逃出了家。

她走啊走啊，走到了一片火红的玫瑰花丛前面。"啊，真是

太美了！"她忍不住高兴地叫起来。于是，她摘下一些花，编了一个玫瑰花环戴在头上，又编了两个手镯、两个脚环，分别戴在手上和脚上。过了一会儿，塔西亚有些困了，就躺在花丛里睡着了。

一位国王打猎经过，看到了花丛中睡着的姑娘，顿时被她那比玫瑰还要娇艳的容貌迷住了。

国王走上前，轻轻唤醒了她，说："美丽的姑娘，我是一个国王，你愿意嫁给我吗？"

塔西亚害羞地低下头，回答道："你看，我只是一个乡下姑娘，怎么能嫁给尊贵的国王呢？"

"这你不用担心，"国王说，"从现在开始，你就是尊贵的王后了。"

于是，塔西亚坐上国王的马车，来到了王宫。

几天后，盛大的婚礼准备好了。举行婚礼前，国王对塔西亚说："你有什么亲戚吗？让他们也来参加婚礼吧！"

塔西亚回答："我只有一个年迈的外婆，你能把她接到王宫里，和我一起生活吗？"

"当然！"国王说完，就派了马车，去接塔西亚的外婆了。

婚礼开始了，老太太就坐在新娘旁边。当丰盛的食物端上桌时，老太太突然凑到新娘耳边，悄悄地说："塔西亚，你把七条鱼都吃光了。"

新娘慌慌张张地回答："外婆，现在请不要说话！"

国王听了，好奇地问："外婆说了什么？"

"哦！她说她要一件华丽的礼服！"新娘赶紧说。

　　国王听了，马上命人去做。

　　宴会结束后，所有宾客都围在一起聊天。这时，外婆又在新娘耳边说："塔西亚，你把七条鱼都吃光了。"

　　"外婆说了什么？"国王又问。

　　"哦，她说，她想要一枚金戒指。"新娘说。

　　国王听了，又马上命人去做。

　　这时，老太太又低声嘟哝着说："塔西亚，你吃光了七条鱼。"

　　这次，国王总算听清了。他转向新娘，问："这究竟是怎么一回事？"

　　新娘终于忍不住了，她流下了懊悔的泪水，把事情的经过都说了出来。

　　最后，她哭着说："外婆，我错了，请原谅我！"

　　老太太摸了摸塔西亚的背，终于露出了慈祥的笑容。

圣母花

（意大利）

圣母玛利亚生下了耶稣，却遭到了国王的追杀。她抱着耶稣，逃进了一片森林里。在这里，会发生什么事情呢？

从前，有一个少女名叫玛利亚，她有一个未婚夫，名叫约瑟。就在他们准备结婚时，奇怪的事情发生了，玛利亚竟然怀孕了！

约瑟火冒三丈，认为玛利亚背叛了他。这天晚上，他在床上翻来覆去，怎么也睡不着。迷迷糊糊中，一个浑身闪闪发亮的天使飞了进来。

天使说："玛利亚并没有背叛你，她是受了圣灵才怀孕的。将来，她会生下一个男孩，你们给他取名叫耶稣。他将成为这个世界的救世主。"

约瑟醒来后，立刻欢欢喜喜地与玛利亚结了婚。没多久，玛利亚果然生下了一个小男孩，他们就给他取名叫耶稣。

很快，这件事传进了王宫，国王听了非常惶恐，认为耶稣会威胁到自己的王位，就派人去追杀他。

玛利亚得到消息后，赶紧抱着小耶稣逃跑了。她跑啊跑啊，来到了一片森林里。她跑累了，就坐在一棵大树下休息。

这时，不远处传来脚步声，玛利亚一看，正是那些追捕她的人。她只好加快脚步，朝森林的另一边逃去。可是，玛利亚再快，也快不过那些身体强壮的士兵。只听到他们的脚步声越来越近，越来越响亮。

就在这时，玛利亚看到了一株红玫瑰。她赶紧跑过去，小声说："玫瑰啊玫瑰，请把我的小耶稣藏进你的花苞中吧！"

红玫瑰一听，赶紧收起花瓣，说："不行，不行，国王的士兵会把我的花瓣摘下来的。"

没办法，玛利亚又朝前走了几步，看到了一株石竹。她说："石竹啊石竹，请把我的小耶稣藏进你的花茎里吧！"

石竹摇着头说："不行，不行，国王的士兵会把我的花茎折

断的。"

就这样，玛利亚一边跑，一边向红色的、黄色的、蓝色的等各种花朵求助，可是，没有一朵花愿意帮她。

玛利亚绝望极了，悲伤地喊道："谁能救救我的孩子？"

这时，草丛里传来微弱的声音："让小耶稣藏在我的叶子下吧！"

玛利亚一看，说话的是一株鼠尾草。它是那么不起眼，又是那么弱小，连小耶稣的一只脚都藏不住。

于是，玛利亚对它说："鼠尾草啊鼠尾草，感谢你的好心。可是你太小了，藏不下我的孩子呀！"

突然，鼠尾草伸了个懒腰，展开了叶子。一瞬间，它的叶子变得又宽又大，把玛利亚和小耶稣都藏了起来。

士兵们在森林里找了好久，都没有找到玛利亚母子，只好回去了。

士兵们一离开，鼠尾草又恢复了原来小小的样子。玛利亚获救了，她激动地弯下腰，轻轻吻了吻鼠尾草，说："你是世上最神圣的花。"

后来，玛利亚成了人们心中的圣母，而鼠尾草也成了意大利人心中的圣母花。

北冕座的传说

（希腊）

公主联合勇士，除掉了自己的怪物兄弟。接着，他们逃到一个荒岛上，过上了平静的生活。这时，命运女神出现了……

宙斯有一个儿子，叫狄俄尼索斯。他聪明好学，热爱创造，终于研究出了酿造葡萄酒的方法。从这以后，他就周游世界，到处教人酿葡萄酒。于是，人们又称他为"酒神"。

一天，他来到一个小岛上，刚刚上岸，就听到一阵哭泣声。原来，一个姑娘正坐在一块大石头上，伤心地掉眼泪呢。

狄俄尼索斯走过去，问："美丽的姑娘，你怎么啦？瞧，你的眼睛都哭肿了，有什么伤心的事，能跟我说说吗？"

姑娘抬起头，向他讲述了自己的不幸遭遇。

　　原来，她是一位来自远方的公主，叫阿里阿德涅。一次，她的父亲为了给国家祈福，决定向海神波塞冬献祭一头水牛。很快，水牛被送来了。可是，这头水牛实在太漂亮了，国王竟然不忍心杀死它。于是，他叫人换了另一头。

　　海神波塞冬知道这件事后，大发雷霆。他决定惩罚这个胆大妄为的凡人。

　　不久，王后怀孕了，国王欣喜万分。可是，孩子生下来后，国王惊呆了，王后生下的既不是一个小男孩，也不是一个小女孩，而是一个牛头人身的怪物！

　　"这是海神对我的惩罚啊！"国王泪流满面地说。

　　可是，不管怎样，这都是他的孩子呀。于是，国王让人好好照顾它。不久，人们惊恐地发现，这个怪物既不吃饭，也不吃草，专门吃人，而且只吃童男童女。

　　国王只好给怪物建了一座迷宫，把它关在里面，规定每年让人进献童男童女。一时间，

城里人心惶惶，人们纷纷带着
孩子去远方避难。

　　这一切，都被公
主阿里阿德涅看在眼
里，她焦急万分，多
次向国王提出废除这
个规矩，可都遭到了
拒绝。

　　一天，又一批童男
童女被送进了王宫。在这批
人中，公主发现混了一个青年。
他相貌堂堂，眉宇间笼罩着一股英气。这绝
不是一个平凡的人，公主心想。

　　趁大家不注意，公主把他拉到一边，悄悄地问："你叫什
么名字？"

　　"我叫忒修斯。"

　　"实话告诉我，你是来杀死那个怪物的吗？"

　　"是的。"忒修斯望了公主一眼，说，"怪物害死了许多
无辜的人，我不能再让它作恶了，请你不要阻止我。"

　　"我当然不会阻止你，我还要帮你呢！"公主高兴地说。

　　她拿出一把利剑和一个线团，递给他说："你进迷宫前，
把这个线团系在大门上。等你杀掉了怪物出来时，跟着线团走，
就不会迷路了。"

忒修斯感激地接过利剑和线团，朝迷宫走去。这时，怪物正懒洋洋地躺在床上，等待着它的美味晚餐呢。忒修斯几步冲上前，一剑刺进它的胸口，结束了它的性命。接着，他领着其他人逃出了迷宫。

这时，公主正在迷宫外等待着，她一看到忒修斯，就知道他成功了。

"请带我走吧，我帮你除掉了怪物，父王是不会放过我的。"公主恳求说。

忒修斯答应了，他带着公主一起逃离了这个国家。他们在海上漂了几天几夜，终于来到一个荒岛上。他们在这里定居下来，过上了平静的生活。

一天晚上，忒修斯做了一个梦，梦中，命运女神警告他说："忒

修斯，快离开阿里阿德涅，她是酒神的妻子。你跟她在一起，会给你们两人都带来灾难！"

梦醒后，忒修斯吓出一身冷汗。他心想：哪怕我是一个勇士，也无法违抗命运的安排呀。

于是，他连夜悄悄地离开了。

公主醒来后，发现忒修斯不见了。现在，整个岛上只剩她孤零零一个人，她不禁大哭起来。

这时，命运女神又出现了，她对公主说："不要哭，你命中注定是酒神的妻子。过不了多久，你的丈夫就会来接你。"

没办法，公主只好接受了自己的命运。可是，她等啊等，一连等了好多天，都不见酒神的影子。于是，她来到海边，坐在一块大石头上，伤心地哭了起来。

听了公主的故事，狄俄尼索斯激动地大叫起来："别哭啦，我就是酒神，你命中注定的丈夫啊！你看看我，一个年轻、英俊、勇敢的天神，你还满意吗？"

公主听了，仔细瞧了瞧他，终于破涕为笑了。

不久，他们在荒岛上举行了婚礼。狄俄尼索斯拿出一顶镶着七颗宝石的王冠，戴在新娘头上。

只可惜，幸福的日子没有永远持续下去，几十年后，公主变老了，继而离开了人世。狄俄尼索斯悲痛欲绝，他整天捧着公主的王冠，伤心地掉眼泪。

一天，他正深情地凝视着王冠，突然，王冠慢慢飞了起来。它飞呀飞，一直飞到天上，变成了一群善良的星星。这就是北冕座的由来。

美德女神的指引

（希腊）

一天，赫拉克勒斯正在考虑自己的人生，这时，幸福女神和美德女神降临了，她们每人给赫拉克勒斯指引了一条路，他会选择哪条呢？

一次，神王宙斯来到人间，爱上了一位凡间女子。很快，他们生了一个儿子，取名叫赫拉克勒斯。

慢慢地，赫拉克勒斯长大了。一天，他走在田野上，一边走，一边思索自己的人生。突然，两位高贵的女子朝他走来。一个穿着洁白的长裙，端庄优雅；另一个穿着华丽的袍子，妖艳动人。

"你好，赫拉克勒斯，你是不是在为自己的人生而烦恼呢？要是你肯选择和我在一起，我保证让你享尽荣华富贵，什么都不用干。每天，你只要躺在柔软舒适的床上，就会有人给你端

来美味佳肴，供你尽情享用。"妖艳的女子说。

赫拉克勒斯一听，觉得奇怪，心想：这女子会是谁呢？她怎么敢下这样的保证？于是他问道："美丽的女郎啊，能把你的名字告诉我吗？"

"喜欢我的人都叫我幸福女神，而不喜欢我的人，就叫我轻佻女神。"女子回答道，"怎么样，赫拉克勒斯，你要跟我走吗？"

还没等赫拉克勒斯回答，另一位女子走上前来，说："赫拉克勒斯，我是美德女神，我知道你的父亲是谁，也知道你不会选择她。如果你选择我，虽然我不能保证让你过上富裕的生活，但是，你将取得巨大的成就。

"我想诚恳地告诉你，想得到就必须先付出。想要身体强壮，就必须进行艰苦的锻炼；想要人们尊敬你，你就必须保护他们；想要国家重视你，你就必须维护它的荣誉……"

这时，幸福女神打断了她的话："赫拉克勒斯，想想看，你要是跟她走，得受多少不必要的苦啊。还是跟着我吧，她能给你的一切，我同样能给你，而且，一点儿苦也不用吃。"

"你少在这里甜言蜜语！"美德女神说，"你总是让人在年轻时过着无忧无虑的生活，年老时却在悔恨中度过。你虽然是天神，没有生老病死，却被善良的人抛弃。我和你不同，我受到所有善良的人欢迎。他们的人生很精彩，对他们以前做过的事，他们从来都不会后悔。"

说完，美德女神又转过头，对赫拉克勒斯说："赫拉克勒斯，你只有选择我，才能体会到真正的幸福和快乐。"

赫拉克勒斯思索了一会儿，点了点头，对美德女神说："好，我愿意跟你走。"

幸福女神只好垂头丧气地走了。

爱神的辩护

（希腊）

公主违背了父亲的命
令，要被判处死刑，谁来
救救她呢？

在赫拉的迫害下，伊娥逃到了埃及，并在那里定居下来。后来，她为宙斯生了一个儿子，她的儿子又有了两个孙子，一个做了埃及国王，另一个做了利比亚国王。埃及国王生了五十个勇敢的儿子，利比亚国王则生了五十个美丽的女儿。

渐渐地，他们都长大了，五十个小伙子爱上了五十个姑娘，想娶她们为妻，可是姑娘们不同意。于是，小伙子们集合了一支军队，攻打利比亚。小伙子们一个个英勇无比，很快，利比亚国王被侄子们打败了，只好带着五十个女儿登上大船，向大海

中驶去。

大船在海上航行了很久，最后来到阿耳戈斯，那是他们先祖伊娥的故乡。

"但愿你们能在这里得到保护。"利比亚国王祈祷说。

五十个姑娘装扮成乞丐，拿着橄榄枝登上了海岸。突然，一阵马蹄声传来，原来是阿耳戈斯的国王帕拉斯格斯领着军队来了。他听说一艘大船靠岸了，还以为是敌军来进攻了，没想到是利比亚国王和他的五十个女儿。

五十个姑娘伸出手里的橄榄枝，请求说："看在神王宙斯的分上，请保护我们吧。"

帕拉斯格斯有些犹豫，他不想和埃及开战，可他更不敢得罪宙斯。最后，他让姑娘们把橄榄枝放在祭坛上，向天神祈求保护。而他自己呢，则去召开公民大会，让他们也帮忙出出主意。

姑娘们忐忑不安地等待着国王帕拉斯格斯的决定，她们知道，如果帕拉斯格斯不肯保护她们，她们就必须和埃及的王子们结婚。想想看，那真是太可怕了。

就在这时，埃及的王子们追了上来，他们一看到五十个姑娘，二话不说，把她们全都抓了起来。他们正想把姑娘们带走，帕拉斯格斯急匆匆地回来了。他已经下定决心，一定要保护这

五十个姑娘，哪怕这将会给阿耳戈斯带来灾难。

战争开始了，帕拉斯格斯带领军队与埃及的王子们战斗了很久，不幸战败了，他只好向北方逃去。接着，利比亚国王成了阿耳戈斯的新国王，可是，为了向埃及王子们求和，他必须把自己的女儿们嫁给他们。

一场热闹的婚礼举行了，五十位王子将分别与五十位公主结婚。王子们一个个欢天喜地，为娶到美丽的新娘得意不已，他们万万想不到的是，一场可怕的阴谋正等着他们呢！原来，五十个姑娘早就得到了父亲的指示，要在新婚之夜杀死自己的丈夫！

婚礼结束后，整座城市都处在一片寂静中。突然，一声声惨叫打破了城市的寂静，姑娘们趁丈夫刚刚入睡，将匕首刺进了他们的胸膛。只有年纪最小的那位姑娘，她举着锋利的匕首，迟迟下不了手。

最后，她终于扔掉了匕首，用力摇醒丈夫，对他说："可怜的王子，我不忍心杀死你，你快点逃走吧。"

接着，她将自己和姐姐们的阴谋说了一遍，又催促他快点逃走。

就这样，五十个埃及王子中，只剩一个小王子还活着。利比亚国王知道小女儿放走了小王子，非常恼火。

　　"你竟敢违抗我的命令！"他咆哮着说，"我要将你处死！"

　　于是，他将小女儿关进牢里，交给法庭审判。在法庭上，眼看姑娘就要被判处死刑了，这时，爱神阿佛洛狄忒出现了。原来，她在奥林匹斯山看到人间发生的一切后，非常同情这位姑娘，要亲自为她辩护。

　　"姑娘是无罪的。"阿佛洛狄忒说，"请问，一个妻子不愿意杀死自己的丈夫，怎么能说她有罪呢？"

　　听了爱神的话，法庭上的所有人都沉默了。终于，法官宣判了最后的结果，善良的姑娘被免除死刑，并成为了小王子真正的妻子。

　　但是，其他四十九位姑娘犯了杀夫之罪，是不能免除惩罚的。天神不忍心处死她们，就罚她们死后在冥国接受惩罚。她们必须不停地将水倒进一个无底桶中，眼看水桶满了，可很快又空了，她们只能就这样永远没完没了地倒水。

你打开过那扇门吗

（德国）

美丽的姑娘犯了错，却一直都不肯说出真话，承认自己犯错，因此受到了严厉的惩罚。临死前，她终于忏悔了，她还能得到宽恕吗？

你知道天国有一位叫玛利亚的善良女人吗？有一年，她路过人间的一座森林，见一对夫妇穷得连面包都没有，他们三岁的女儿饿得哇哇大哭。玛利亚便收养了这个孩子，把她带到了天国。

在天国里，小姑娘吃的是糖饼，喝的是甜甜的牛奶，穿的是漂亮的衣服，陪她玩的是小天使，每天都过得无忧无虑。

小姑娘十四岁那天，玛利亚要出一趟远门。她把天国十三道门的钥匙全部交给小姑娘保管，并一再叮嘱她："你一定要记住，前面十二道门你都可以打开，唯独第十三道门绝对

不能打开！否则你会遭到不幸的。"小姑娘点头答应了。

玛利亚走后，小姑娘每天都会打开一道门，欣赏里面的美景。

很快，十二道门都被她打开过了，她想打开第十三道门，便对身边的小天使说："我只开一条小小的缝，只瞅上一眼。"

"不行啊，玛利亚绝不允许你这样做的。"小天使们说。

第十三道门后究竟藏着什么秘密呢？这个问题每天纠缠着小姑娘，让她非常苦恼。

有一天，小姑娘趁小天使们都不在，悄悄地来到第十三道门前。她心想：现在就我一个人，不会有人看到，我只看一眼就好。

于是，小姑娘把钥匙插进了第十三道门的锁孔，门一下子打开了——里面一片耀目的火光。小姑娘惊讶不已，手指往前一伸，不小心碰到了火光。一瞬间，她的食指变成了金的。

小姑娘吓坏了，转身就逃。

不久，玛利亚回来了。她看到小姑娘的金食指，顿时明白了一切。她问："你打开过第十三道门吗？"

　　"没有。"小姑娘坚定地回答。

　　玛利亚把手放在她的心口，再一次问："你真的没有打开过第十三道门吗？"

　　"没有。"小姑娘再次回答。

　　"我最后一次问你，请你仔细想想再回答，你真的没有打开过第十三道门吗？"

　　"没有。"

　　玛利亚生气了，她说："你犯下过错，还对我撒谎。你不配再在天国生活下去了！"

　　话音一落，小姑娘就昏了过去。等她醒来时，她已经躺在人间的一片荒野上，而且，还成了哑巴。她想逃也逃不出去，因为在她的面前，总有一片密密的荆棘挡住她。

她独自一人在森林里生活，住的是冰冷的树洞，吃的是草根和野果。每当想起天国的生活，她都会伤心地痛哭。

转眼间，又一个春天来到了。

一天，一位国王在森林里打猎，为了追赶一头狍子，钻进了这片茂密的荆棘丛。当他看到这位金发垂地的美丽姑娘时，大吃一惊。虽然她不会说话，但国王还是非常喜欢她，就把她带回了王宫，并娶她为妻。

一年后，这位王后生下一个儿子，玛利亚出现在她面前，说："如果你现在承认你打开过那道门，我就把声音还给你，让你开口说话。不然，我就要带走你的儿子。"

这时王后能够说话了，可她还是执迷不悟地说："不，我没有打开过那道门。"

玛利亚便从她怀里夺走了孩子，消失了。

第二天早晨，人们发现孩子不见了，都说是王后杀死了自己的孩子。可是，王后却没办法为自己辩解。

一年后，王后又生了一个儿子。玛利亚再次来到她面前，说："现在还来得及，只要你承认你的过错，我就把你的孩子还给你，并且让你开口说话。不然，

你将失去第二个儿子。"

王后仍然回答："没有，我没有打开那道门。"

玛利亚又从她怀里夺走了孩子，消失了。

又过了一年，王后生了一个非常美丽的女儿。

玛利亚第三次出现在她面前，对她说："你还有一次机会，告诉我，你打开过那道门吗？"

"没有，我没有打开过那道门。"王后说。

于是，玛利亚带走了她的第三个孩子。

孩子无缘无故一再失踪，所有人都愤怒了。人们冲进王宫，要求严惩凶手。国王无法阻止，只能对她进行审判。最后王后被判处火刑。

熊熊的烈火燃烧起来，王后眼看就要被烧为灰烬。在这最后的时刻，她心中充满了悔恨，心想：如果还有机会，我一定会承认我犯下的错误。突然，她的声音恢复了。她大声喊道："是的，我打开过那道门！"

这时，一场大雨从天而

降，浇灭了熊熊烈火。

　　玛利亚出现在她面前，把三个孩子还给了她，慈祥地说：
"一个人只要勇于承认自己的过错，并且为此忏悔，他就会得到
宽恕，并重新获得幸福。"

森林中的圣约瑟

（德国）

三个女孩都在森林中遇见了圣约瑟，可是，为什么一个得到了一大袋钱，一个只得到了一小袋钱，还有一个被蜥蜴和毒蛇咬死了呢？

从前，有一位母亲生了三个女儿。大女儿不懂礼貌，心眼儿也坏；二女儿稍好一点儿；小女儿善良又乖巧。

这位母亲却很怪，偏偏喜欢大女儿，讨厌小女儿。于是，她常让小女儿去一座大森林里捡柴，想让她在森林里迷路。可是，每个好孩子都有自己的守护天使，因此，小女儿每次都得到天使的指引，平安地回到了家。

有一次，守护她的天使不在，小女孩不幸在森林里迷路了。她不停地走啊走啊，一直走到天黑。这时，她看到前方有一座小木屋，便敲了敲门。

给她开门的不是别人，正是圣约瑟。他是一位胡子花白的老爷爷，他和蔼地说："进来吧！好孩子，坐到火边来暖暖身子！森林里没有什么好吃的，我只有几根胡萝卜，你可以煮来吃。"

小女孩接过胡萝卜，仔细地把它们刮净了，然后拿出自己带的面包，一起熬了一锅粥。

粥熬好后，老人说："给我也分一点儿吧，我饿极了。"小女孩非常乐意地分了一大半给他。

吃过晚餐，圣约瑟说："现在咱们要睡觉了，可我只有一张床，你睡床上，我睡地上好了。"

"噢，不！"小女孩说，"您睡床上！我睡地上吧。"

不过，圣约瑟还是抱起小女孩，把她放在了床上。女孩做完祈祷后，就睡着了。

第二天早上，小女孩醒来，发现老人不见了。她四处寻找，结果在门后发现好大一袋钱，上面写着：给昨晚在这儿睡觉的女孩。

小女孩背起钱，高高兴兴地回家了。她把钱全部交给了母亲，母亲总算露出了满意的微笑。

　　第二天，二女儿也想去森林里试试运气，母亲给了她很大一块煎饼和面包。

　　她的遭遇和妹妹的完全一样，晚上，她也来到了圣约瑟的小木屋，并煮了一锅粥。等粥煮好后，老人说："给我分一点儿吧，我饿极了！"

　　女孩说："来吧，咱们一块儿喝吧！"

　　饭后，圣约瑟把床让给她，自己打算睡地上。女孩说："不，咱们都睡床上吧，这床够宽的了。"

　　不过，圣约瑟还是把她抱上床，自己在地上睡了一晚。

　　第二天早上，老人又不见了。女孩在门后发现了一个巴掌大的钱袋，上面写着：给昨晚在这儿睡觉的女孩。

女孩拿着钱袋回了家，自己悄悄留了几枚钱币，剩下的给了母亲。

大女儿见了很眼红，她也决定到森林里去，母亲给她带了很多面包和奶酪。

傍晚，她同样来到了圣约瑟的小木屋。当她做好粥后，老人说："给我也分一点儿吧，我饿极了！"

她却说："急什么！等我吃饱了再给你！"可她吃得几乎一点儿不剩，老人只好饿肚子。

饭后，老人让她睡床上，自己睡地上。女孩毫不客气地躺到床上睡着了。

第二天早上，老人又不见了。女孩径直走到门后去找钱袋。她发现地上好像有个东西，就弯下腰去捡，结果那东西一下粘到了她的鼻子上。她直起身子一看，鼻子上又长了一个鼻子，而且伸得老长老长。

她吓坏了，哭着、叫着、跑着。这时，圣约瑟出现了。她连忙跪在老人脚下，苦苦地向他哀求。老人可怜她，给她取下了新长的鼻子，并送给她两个钱币。

女孩回到家，母亲问："孩子，你得到了什么礼物？"

她撒谎说："一袋金子，可我在回来的路上把它弄丢了。"

于是，母亲非要拉着她回去找，谁知路上遇到了很多蜥蜴和毒蛇，她们没来得及逃脱。结果，这个坏女孩被咬死了，母亲也被咬伤了。

长发妹

（中国）

在一个干旱的小村庄里，住着一个长发妹。一天，她去山上割猪草，偶然发现了一个秘密。这个秘密，让村民们都喝上了水，但也差点让长发妹丢了性命，这到底是个什么秘密呢？

很久以前，有一位长头发的姑娘。她的头发长得一直拖到了脚后跟，而且又黑又亮，就像黑珍珠一样。所以，大家都叫她长发妹。

长发妹住在一个小村子里，家里有一个卧病在床的妈妈。不知道为什么，村子已经好久没下过雨了。每天，人们都要跑到七里外的一条小河边去挑水喝。

一天，长发妹背着竹篮，去山上割猪草。忽然，她看见前面的悬崖上，长着一个大萝卜。

她心想：这萝卜看上去又甜又脆，我要把它拔出来，带回去煮给妈妈吃。

于是，她抓住萝卜的叶子，使劲地往外拔。让她想不到的是，萝卜刚一拔出来，就有一股泉水从洞眼里面冒了出来。长发妹把嘴凑过去，喝了几口。

呀，这水可真甜啊，就像梨汁一样！

可是，她的嘴刚离开洞眼，怀里的萝卜就"唰"的一声，飞了出去，把洞眼又堵上了。长发妹正觉得奇怪，突然刮来一阵怪风，一个长相十分丑陋的巨人出现在她面前。

巨人凶巴巴地说："我是山神，那眼泉水是我的宝物。如果你让别人知道了，我就杀了你。"

说完，又刮来一阵怪风，把长发妹送到山脚下。

不久，田地被太阳烤得裂开了缝，乡亲们每天挑水，也都累得腰酸背痛的。长发妹很

想把山泉的秘密说出来，可是，那个巨人太可怕了，光想一想，她就吓得浑身发抖。

就这样，长发妹每天都在痛苦中挣扎。她吃不下饭，也睡不着觉，瘦了好多好多。更奇怪的是，她那头乌黑发亮的长发，竟然全都变得雪白雪白的。

"孩子，这到底是怎么了？"母亲问她，村民们也问她，但长发妹总是咬着嘴唇，不说一句话。

一天，长发妹看见一位老爷爷挑着一担水，摇摇晃晃地在路上走着。突然，老爷爷一不小心，踢到了一块石头，摔倒在地上。他的水洒光了，手也摔破了，流了好多血。

长发妹赶忙跑过去，扶起了老爷爷。她心里难受极了，终于忍不住对老人说："老爷爷，不要担心，悬崖上有一个萝卜，萝卜下面有一眼泉水。只要拔出萝卜，把洞眼凿宽，泉水就能流下山！"

说完，她跑回村里，把这个秘密告诉了村民们。于是，村民们有的拿菜刀，有的拿锄头，跟着她来到了悬崖边。

长发妹用力拔出萝卜，丢在地上，对村民们说："大家快

把萝卜砍碎，快啊！"

几个人拿起菜刀开始砍，砍啊砍，萝卜被砍得稀巴烂。

等泉水流出来时，长发妹又说："大家快把洞眼挖宽，快啊！"

几个人拿起锄头开始挖，洞眼越挖越大，最后，都有一口大水缸那么大啦！

泉水哗啦啦地向山下流去，村民们看了，高兴坏了，都追着水流跑。谁也没有注意，长发妹不见了。

原来，巨人把长发妹抓进了山洞里。

巨人瞪着大眼睛，恶狠狠地看着长发妹，说："我不是跟

你说过，叫你不要告诉别人吗？现在，他们砍坏了我的萝卜，挖宽了我的洞眼。我要杀了你！"

长发妹说："你杀了我吧，为了大家，我什么都不怕。"

"好吧，那我不杀你了。"

巨人嘿嘿笑了起来，说，"我要叫你一辈子站在泉眼下，让泉水不停地从上面冲下来，冲在你身上！"

长发妹说："为了大家，我什么都不怕。只是，我妈妈生病在床，她和家里的小猪都需要人照顾，我能先回家一趟吗？"

巨人说："好！做完这些事情，你就自己站到泉眼下边去。你如果跑了，我就杀死全村的人！"

长发妹同意了，一阵狂风把她送回到山脚下。

回到家里，她对母亲说："妈妈，隔壁村子的小姐姐叫我去玩几天，我请邻居家的婶婶来照顾你和小猪，行吗？"

母亲说："行，你去玩吧，这些日子累坏你了。"

长发妹听着母亲的话，差点流下眼泪。她走出家门，看着

小时候种的大榕树，抱着它哭了起来："榕树啊榕树，我以后再也不能坐在你下面乘凉了。"

突然，从大榕树后面走出来一位老爷爷。他又高又大，穿着一件绿衣服，雪白雪白的胡子拖得老长。

老爷爷走过来对长发妹说："长发小姑娘，不要哭，让我来救你。"

说完，老爷爷朝身后指了指。只见他身后出现了一个石头人，跟长发妹长得一模一样，只是没有头发。

长发妹惊讶地张大了嘴巴。

老爷爷说："你是一个勇敢善良的小姑娘，你的妈妈离不开你。就让石头人来代替你受苦吧，你只要让我把你的头发拔下来，粘在石头人的头上，巨人就察觉不到了。"

长发妹高兴地说："老爷爷，谢谢您。您来拔我的头发吧，我不怕痛。"

就这样，老爷爷一根一根拔光了长发妹的头发，又一根一根粘在了石头人的头上。奇怪的是，老爷爷拔头发的时候，长发

妹一点儿都不痛。

接着，老爷爷扛着石头人，把它放到了悬崖上。雪白的头发顺着水流漂着，像云一样好看。

长发妹靠着大树，看呆了。一阵风吹来，几根发丝贴在了她的脸上。她好奇地往头上一摸，哇！她那又黑又亮、一直拖到脚后跟的长头发又回来了！

这时候，大榕树的叶子"沙沙"地响了起来，她听到了老爷爷的声音："长发小姑娘，你放心回家去吧，巨人被瞒住了。"

长发妹笑着，跳着，甩着黑油油的长头发，高高兴兴地回家了。

龙女报恩
（中国）

一天，天上飘来一朵乌云，财主为了将乌云留下来为自己下雨，就叫人拿来了大炮。可是，大炮轰过之后，雨还是没下来，却掉下来一个龙娃娃，你说奇怪不奇怪？

从前，有个叫胡三的财主，他又贪婪又小气，村子里的人都不喜欢他。

有一年春天，很久没下雨了，胡三家的伙计们正在往田里挑水，这时，天空忽然飘来一朵乌云。

胡三看到了，跳起来说："快，快去拿我的大炮来，别让这朵乌云跑到别人的地里去了，它可会下雨呢！"

伙计们拿来大炮，对准乌云，只听"轰隆"一声，一团火球冲上天去，把乌云打了个洞。不一会儿，从洞里掉下来一个龙娃娃。

胡三一看，哈哈笑了起来，说："雨没有下来，倒落下来一个龙娃娃，太好了！龙王爷要是不拿宝物来换，我就烧死你。"

龙娃娃不停地哇哇大哭，一句话也不说。

胡三火了，对伙计们说："快去，把这个龙娃娃用席子卷起来烧了。"

伙计们一听，都不愿意去，只有一个叫李四的小伙子走了出来。这个李四身强力壮，是个善良人。

李四说："这龙娃娃摔得快死了，不要浪费柴火，我把她扔到臭水塘算了。"胡三觉得有道理，就让李四去扔。

于是，李四用席子卷着龙娃娃来到桥上，点上一堆火把席子烧了，把龙娃娃放到河里，让她游走了。

过了几天，胡三叫李四去山上打猎。李四走着走着，忽然，山坡上一只老虎朝他冲了过来。他刚要拉弓射箭，老虎在地上打了个滚，变成了一个白胡子老人。

老人说："年轻人，不要怕，你救了龙王爷的女儿，龙王爷派我请你去龙宫做客呢。"

李四听了，就跟着老人下了山。

路上，老人对李四说："小公主要我告诉你，如果龙王爷要赏赐你东西，你什么都别要，只要桌上的那朵白花。"

到了河边，老人大吼一声，河水就向两边分开了。这时，四个虾兵抬着一顶轿子走了出来，老人请李四坐了上去。

李四只听见耳边传来哗哗的流水声，不一会儿，就到了龙宫。龙王爷和王后拿出山珍海味，热情地招待了他三天三夜。三天三夜后，李四要走了。

龙王爷说："恩人，我这里有许多金银财宝，你想要什么，就随便拿吧。"

李四说："谢谢龙王爷，不过，我什么都不要，只要桌上的那朵白花。"

龙王爷看了看王后，王后又看了看龙王爷。最后，王后叹了口气，答应了。

李四捧着小白花，回到了家。他把小白花放在桌子上，仔细地看着。忽然，花瓣慢慢张开了，里面蹦出一个丁点儿大的小姑娘。小姑娘越长越大，很快，就和李四一样高了。她穿着白裙子，简直比仙女还要漂亮。

小姑娘害羞地说："我就是你救的龙娃娃，父王怕你见了我，会喜欢上我，就让我躲在白花里。不过，我倒是挺喜欢你的，所以让老爷爷给你捎了个话。"

李四一听，笑得简直合不拢嘴。他说："姑娘，我的确很喜欢你，不过，我可不愿意让你跟着我受苦，你还是回去吧。"

龙女一听，说："不怕，我有办法。今天晚上，你只管睡觉，无论听见什么声音，都不要睁开眼睛。"

这天晚上，李四刚刚睡着，忽然，一阵电闪雷鸣，接着，房间里传来一阵阵"叮叮当当"的敲打声。李四记住了龙女的话，没有睁开眼睛。

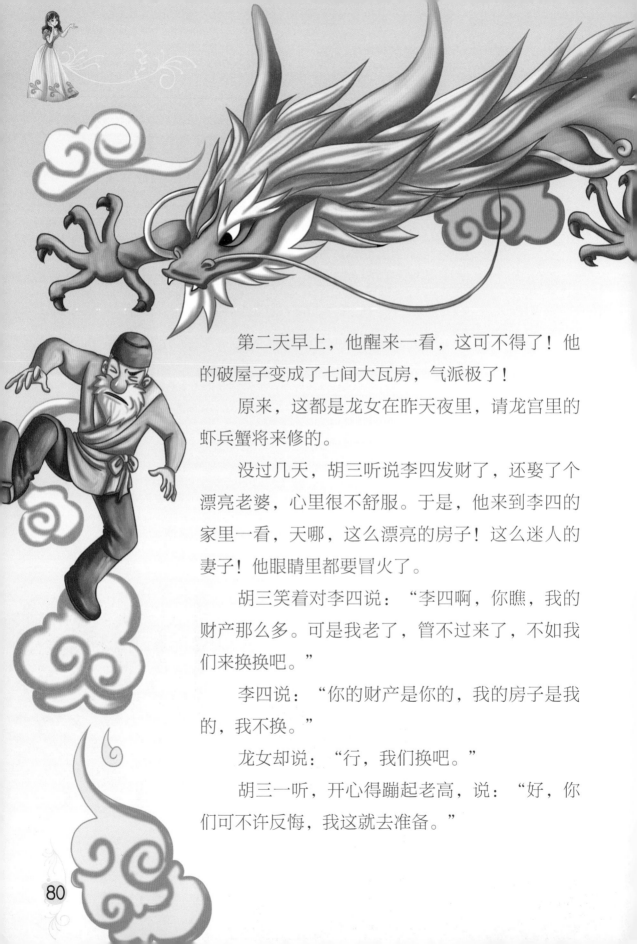

第二天早上，他醒来一看，这可不得了！他的破屋子变成了七间大瓦房，气派极了！

原来，这都是龙女在昨天夜里，请龙宫里的虾兵蟹将来修的。

没过几天，胡三听说李四发财了，还娶了个漂亮老婆，心里很不舒服。于是，他来到李四的家里一看，天哪，这么漂亮的房子！这么迷人的妻子！他眼睛里都要冒火了。

胡三笑着对李四说："李四啊，你瞧，我的财产那么多。可是我老了，管不过来了，不如我们来换换吧。"

李四说："你的财产是你的，我的房子是我的，我不换。"

龙女却说："行，我们换吧。"

胡三一听，开心得蹦起老高，说："好，你们可不许反悔，我这就去准备。"

等胡三走了，龙女悄悄对李四说："放心，我有办法。"

第二天，胡三拿来了一张纸条，上面写着："胡三与李四交换所有家产，包括妻子在内。"

李四一看，气得拿起锄头，就要打死胡三。

龙女却拦住了他，说："行，我们换吧。"

于是，李四去了胡三的家，胡三住进了李四的房子。

晚上，胡三刚跑进龙女的房间，就吓得"妈呀"大叫一声。原来，房间里，一条青龙正朝他张牙舞爪呢！

青龙气愤地说："你之前想烧死我，现在又想霸占我，真是太可恶了！我要把你交给我父王！"

说完，青龙就抓着他，飞到河边，把他扔了下去。

接着，龙女找到李四，说："胡三被我父王请去做客了，估计是回不来了。"

李四听了，就把胡三的财产分成了三份，一份留给了胡三的家人，一份分给了伙计们，最后一份分给了村子里的穷人。

从此，大家都过上了幸福的生活。

神奇的马鞭

（中国）

善良的春英，把自己从很远的地方挑来的水，给了老人和他的马喝。为了报答春英，老人送了她一根神奇的马鞭，这根马鞭到底有什么用呢？

很久很久以前，在山西的一个小村子里，住着一个叫春英的小姑娘。由于家里穷，父母把她送给了一个婆婆。婆婆对她可坏了，所有的家务活儿都叫她来干，一不满意，还会拿扫帚打她。

这是一个缺水的小村子，村里的人想喝上一口水，就得跑到很远的地方去挑。春英最苦的活儿就是挑水了。不管春夏秋冬，下雨下雪，也不管她多累多困，每天天还没亮，婆婆就会催着她，赶在别人前面把水挑回来。只要水缸里的水没满，婆婆就会使劲地打骂她。

　　一天早上，春英挑着水走累了，就坐在村口的一棵大树下休息。这时，一个老人牵着一匹瘦马，慢慢地走了过来。

　　老人走到春英跟前说："小姑娘，能给我和我的马一些水喝吗？我们快要渴死了。"

　　春英看了看老人，只见他的嘴唇都裂开了，又看了看马，马渴得站都站不稳了。

　　她心想：我如果把水给他们喝了，就得再去挑，万一耽误了时间，回家肯定要挨打。可是，我如果不给他们喝，他们会渴死的。

　　于是，她对老人说："老人家，你们喝吧。"

　　老人"咕噜咕噜"几声，一下子喝了半桶水；马也"咕噜咕噜"几声，一下子把水喝完了。

　　第二天早晨，春英又挑水回来，在那棵大树下休息。这时，昨天的老人又牵着马过来了。

　　他对春英说："小姑娘，请再给我们些水喝吧，我们快渴死了。"

　　就这样，他们又把春英的水喝完了。春英挑起水桶，正准

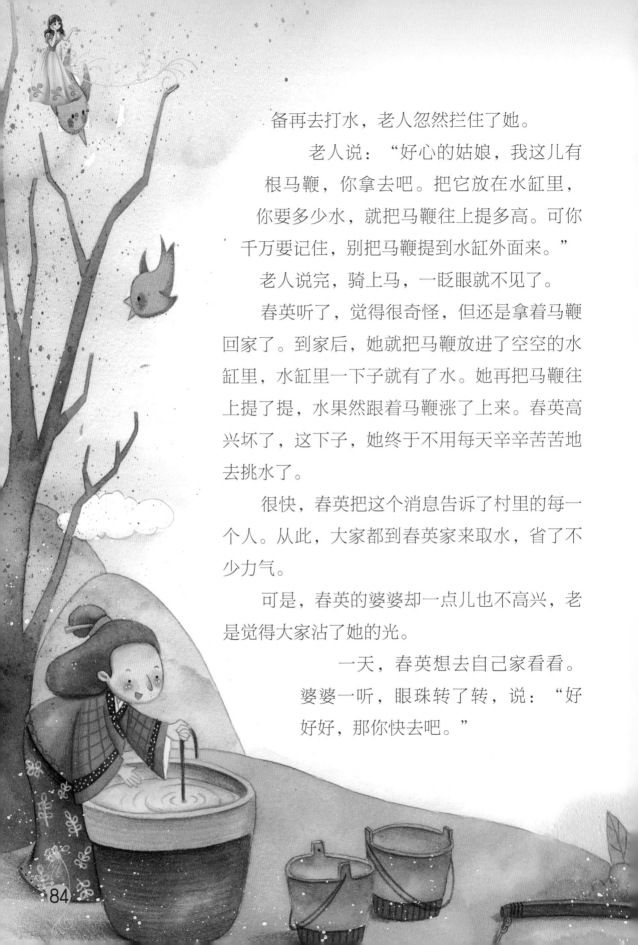

备再去打水，老人忽然拦住了她。

老人说："好心的姑娘，我这儿有根马鞭，你拿去吧。把它放在水缸里，你要多少水，就把马鞭往上提多高。可你千万要记住，别把马鞭提到水缸外面来。"

老人说完，骑上马，一眨眼就不见了。

春英听了，觉得很奇怪，但还是拿着马鞭回家了。到家后，她就把马鞭放进了空空的水缸里，水缸里一下子就有了水。她再把马鞭往上提了提，水果然跟着马鞭涨了上来。春英高兴坏了，这下子，她终于不用每天辛辛苦苦地去挑水了。

很快，春英把这个消息告诉了村里的每一个人。从此，大家都到春英家来取水，省了不少力气。

可是，春英的婆婆却一点儿也不高兴，老是觉得大家沾了她的光。

一天，春英想去自己家看看。

婆婆一听，眼珠转了转，说："好好好，那你快去吧。"

春英临走前，交代婆婆说："婆婆，你可千万不要把那根马鞭提出水缸啊！"

婆婆说："知道了。"心里却想：哼，我只要把它扔掉，就没人再来我家挑水了！

春英走后，婆婆一个人来到厨房。她往水缸里一看，果然有根马鞭放在中间呢！她把马鞭往上提了提，水缸里的水就跟着涨了涨。

婆婆恶狠狠地说了一句："哼！叫你们来我家打水！"就把马鞭捞出来，往外面一扔。

可是，马鞭刚被拿出水缸，水缸里的水就哗哗地往外冒。一眨眼，房子就被淹了，恶毒的婆婆也被淹死了。

大水不停地涨啊涨，原本干旱的村子，一下子变成了汪洋大海。房子倒了，牲口淹死了，村民们都跑了，躲到了别的村子里。

这时，春英正在家里梳头，听说村子里发大水了，心想：这肯定是我那婆婆干的。我得找个什么东西，把水缸盖住。

于是，她跑进厨房，拿了一个草垫子，朝婆婆的村子跑去。

她来到村口一看，村子里早就是一片汪洋了！春英把草垫子往水里一扔，自己往上一坐。顿时，凶猛的洪水一下子就退了。慢慢地，水流汇成两条小河，安安静静地流淌起来。

村民们见水退了，一个个敲锣打鼓，可这时春英却不见了。大家找啊找，怎么也找不到。

为了纪念春英，人们按照她盘着腿、坐在草垫子上的样子，给她立了一个雕像，还称她为"水母娘娘"。

苹果姑娘

（中国）

好吃懒做的玉柱，一天被海浪卷进了大海，漂到了一个岛上。在那里，他遇到了勤快的苹果姑娘，并和她结了婚。这两个人，一个勤劳、一个懒惰，日子可怎么过呢？

从前，有一个又懒又馋的年轻人，名叫玉柱。玉柱每天吃了睡，睡了吃，从不想下地干活，肚子饿了，他就跑到乡亲们的家里，骗些饭吃。慢慢地，乡亲们只要一看到他，就把门关得紧紧的。

一天，玉柱肚子饿了，就一个人跑到海边，想叉些鱼烤着吃。不知怎么，忽然刮起了一阵狂风，玉柱一下子就被海浪卷走了。他醒来的时候，已经漂到了一个小岛上。

这时，他发现旁边有一棵歪歪斜斜的小树，叶子都干了。

他觉得怪可怜的，就将小树扶正了些，又跑到别处，弄来点儿水，给小树浇了。之后，他又睡着了。

第二天，太阳出来了，玉柱睁开眼睛一看，简直不敢相信，身边竟然长出了许多高大的苹果树！树上的苹果通红通红的，闻起来又香又甜。玉柱美美地吃了一顿，站起来，朝前走去。突然，他看见了一个被花瓣包围的房子，就走了进去，只见屋里坐着一位绣花的姑娘。

姑娘见了玉柱，微笑着说："你好啊，我是苹果姑娘，谢谢你昨天救了我。以后，你就留下来，和我一起过日子吧。这个岛上的东西都是我的，你可以随便吃，随便用。"

于是，玉柱就和苹果姑娘做了夫妻。苹果姑娘可勤快了，

每天纺纱、织布、绣花，从来不休息。可是玉柱呢，每天除了睡觉，就是吃饭。

一天，苹果姑娘对玉柱说："我这里有一筐苹果树苗，你找片空地，把它们栽上吧。"

玉柱答应了，他背着树苗，朝外面走去。可是，他走着走着就累了。于是，他躺在一棵树下睡着了，一睡就睡到了傍晚。

醒来后，看着满满一筐树苗，玉柱有些着急，心想：苹果树苗还没栽呢，这可怎么办？

忽然，他脑筋一转，说："我有办法了。"

于是，他来到海边，将苹果树苗都扔进了大海。回到家里，

苹果姑娘好像知道了这件事，怎么也不理他。

接下来的几天，玉柱都躲在树下面睡觉，回去的时候，就把苹果树苗都扔进了大海。慢慢地，玉柱发现苹果姑娘越来越憔悴，也越来越瘦了。

他心疼极了，就对她说："以后，你少干活儿，多休息休息吧。"

苹果姑娘却流着眼泪，说："我们的缘分已经尽了，以后，你想干什么，就干什么吧。"

说完，苹果姑娘就要收拾东西离开。

玉柱吓坏了，赶紧拦住她，跪在她面前，说："请原谅我这一次吧，以后，我一定改！"

苹果姑娘叹了口气，说："好吧，可是，如果你再不改，我一定会离开你。"

从这以后，玉柱再也不偷懒了。每天，他都将苹果树苗好好地栽下去，就算再苦、再累，他也坚持把树苗栽完。晚上，他回家一看，哈哈，苹果姑娘的脸蛋儿又变得红扑扑的了。

奇怪的是，只要玉柱一偷懒，苹果姑娘就会生病，变得又

瘦又黑；只要玉柱一勤快，苹果姑娘就精神焕发。这样过了大半年，玉柱再也不偷懒了，还长成了一个壮实的小伙子。

一天，玉柱坐在家里，不停地叹气。苹果姑娘问："你怎么了？"

玉柱说："我好久没有回家乡了，真想念乡亲们啊。"

苹果姑娘说："那我带你回去吧。"

第二天，苹果姑娘让玉柱背了一大筐苹果树苗，走到海边，把自己的腰带往空中一扔。顿时，腰带变成了一座彩色的桥。两个人手拉手，在桥上走了九九八十一天，终于回到了玉柱的家乡。

乡亲们见玉柱变成了一个勤快的小伙子，又惊讶又开心。很快，他们帮玉柱和苹果姑娘建了一个新家。苹果姑娘也把苹果树苗作为回报，送给了乡亲们。从此，村里到处都种满了苹果树，一到秋天满是又红又圆、又香又甜的苹果。人们一看到苹果，就会想起勤劳的苹果姑娘。

美女峰

（中国）

一个叫美姑的姑娘得到消息，河神要新开一条河，会将他们的镇子冲垮。那么，有什么办法可以阻止河神吗？如果有，又是什么办法呢？

从前，有一个小镇子，镇子里住了个小姑娘，名叫英姑。英姑长得貌美如花，而且，她越长越漂亮。于是，大家不再叫她英姑，而叫她美姑了。

美姑不仅长得美，还很有才华，琴棋书画，样样精通。附近许多年轻人来向她求亲，可是，她一个也没答应。

一天，美姑正在一条小溪旁读书，忽然看见几个小孩抓了一条活蹦乱跳的小鱼。于是，她走过去，说："小弟弟，孩子离不开娘，鱼儿离不开水，你们快把它放回小溪里去吧。"

几个小孩不同意，美姑只好拿出自己的金戒指，换了那条鱼，将它放回了小溪里。

不一会儿，一个老公公从小溪里冒了出来，对美姑说："谢谢你，姑娘。要是没有你，我的孙女就没命了。"

美姑心想：原来，这位老公公是鱼仙啊。

老公公又说："姑娘，我告诉你一个秘密吧。两年后，河神要新开一条河，会把你们的镇子冲垮，你快走吧。"

美姑一听，急了，说："老爷爷，我怎么能抛弃乡亲们一个人走呢。求您想想办法，救救大家吧。"

老公公摸了摸胡须，想了想，说："难啊，必须要有个人赶着九十九只羊、九十九头牛，一直朝西走，走到太阳落山的地方，向河神求情。如果河神答应了，镇子就能保住。"

美姑问："那么，太阳落山的地方在哪儿呢？"

老公公说："向西翻过九十九座山，蹚过九十九条河，就到了。"

回到家里，美姑想啊想，终于想到了一个办法。第二天，她宣布，如果哪个男子能赶着九十九只羊、九十九头牛走到太阳落山的地方，自己就嫁给他。

这个消息传开后，再也没人敢来向美姑提亲了。

不过，有一天，一个小伙子赶着九十九只鸭

　　子，来到了美姑家，说："我愿意去太阳落山的地方。"

　　美姑一听，高兴坏了，马上答应做他的妻子。

　　就这样，小伙子赶着自己的鸭子，还有九十九只羊、九十九头牛出发了。

　　镇子外有一个山洞，里面住了一条娃娃鱼，已经修炼成精。它早就盼着河水冲垮镇子，那样自己就能随着水流去别的地方了。所以，它可不能让小伙子去河神那里。

　　小伙子赶着牛羊和鸭子，来到了一个鱼米乡。这里，遍地是金灿灿的稻谷，到处是又肥又壮的牛羊。这时，娃娃鱼精摇身一变，变成了一个老妈妈，挡住了小伙子的去路。

她说："好后生啊，留下来，给我做儿子吧。我家有数不清的牛羊、田地，还有池塘呢！"

小伙子摇摇头，说："这些东西，连美姑的一根手指都比不上呢。"

走着走着，他来到了金银庄。这里，遍地是黄金，到处是白银。娃娃鱼精又摇身一变，变成了一个老奶奶。

她对小伙子说："好后生啊，留下来，给我做孙子吧。我家的金银堆满了屋，用都用不完呢！"

小伙子摇摇头，说："世界上所有的金银，连美姑的一根头发都比不上呢。"

走啊走啊，他来到了一个开满桃花的村子。这时，娃娃鱼精又变成了一个漂亮的公主。

她对小伙子说："好哥哥，你走桃花运了，留下来，跟我一起生活吧。"

小伙子摇摇头，说："我要到太阳落山的地方去，我要娶美姑做媳妇。"

娃娃鱼精一看三次都没成功，就气急败坏地念起咒语，让

小伙子忘记了所有的记忆。小伙子一看，眼前有位这么漂亮的公主，就留了下来，那九十九只鸭子也留了下来。而那九十九头牛和九十九只羊，都自己往回走了。

美姑在家等啊等，等了快两年，一天下午，她忽然看见牛和羊回来了。它们告诉美姑，小伙子和公主成亲了，不要她了。美姑听了，心里难过极了。但是，她没有流泪，自己又赶着牛和羊，朝西边走去。

一天，美姑正坐在路边休息，忽然，山那边"轰隆"一声响，巨大的水流冲了过来。这是河神开新河了！美姑和她的牛羊一下子都被冲走了！就在水流快要淹没镇子时，美姑流下了泪

水。顿时，她变成了一座高山，挡住了大水。河水拐了一个弯，绕着镇子流走了。

第二天，镇子里的人们起来一看，门前多了一条河！河边多了一座山！那山长得多像一个人啊！

突然，有人大叫起来："啊，那不是美姑吗？"

"是啊！"人们纷纷议论说，"美姑为了保护镇子，自己变成一座大山啦！"

镇子里的人们感动得都流下了泪水。从那时起，大家就把这座山叫"美女峰"。

后来，娃娃鱼精死了，小伙子变成了一条娃娃鱼，想起了所有的事情。他羞愧极了，于是游到美女峰下，不停地哭。这也是为什么娃娃鱼的叫声像人类的哭声的原因，他是在怀念美姑呢！

海螺公主

（中国）

海螺公主不愿意嫁给王公贵族，却想嫁给一个勤劳善良的普通人。一天，她遇到了一个乞丐，乞丐说他能帮助她。他说的是真的吗？海螺公主会不会相信呢？

从前有一位国王，他有三个女儿，大女儿叫金公主，二女儿叫银公主，三女儿叫海螺公主。这三个女儿都长得十分漂亮，每天都会有许多贵族来求亲。不久，金公主和银公主都选好了对象，只有海螺公主一个也没有看中。

她想：我一定要嫁给一个善良、老实、勤快的小伙子，才不要嫁给这些好吃懒做的贵族呢。

一天，金公主打开房门，正准备出去散步，忽然，她发现门外躺了个乞丐。

于是，她很不高兴地说："臭乞丐，快滚开！"

乞丐懒洋洋地说："我可没挡着你的路，你从旁边走不就行了吗？"

金公主说："哼，随便你，你不让开，我就从你身上踩过去。"

就这样，她真的从乞丐身上踩了过去。

第二天，乞丐又躺到了银公主的家门口，银公主也和金公主一样，从他身上踩了过去。

第三天，海螺公主要出门了，她也在门口发现了那个又脏又臭的乞丐。她很有礼貌地说："老爷爷，您能让我过去吗？"

乞丐说："我可没挡着你的路，你不会从旁边过去吗？"

海螺公主说："好吧。"于是她小心地从乞丐身边绕了过去。

海螺公主来到花园里，发现乞丐一直跟着自己，就问："老爷爷，您跟着我做什么？"

乞丐笑了笑，说："海螺公主，我知道你还没嫁人，想给你做个媒。"

海螺公主心想：一个乞丐能认识什么人呢？但出于礼貌，

她还是说："老爷爷，您倒是说说看。"

乞丐说："我认识一个善良又勤劳的小伙子，叫贡泽拉，和你可般配了。"

海螺公主想了想，说："那好吧，不过，我还得去问问我的父母。"

就这样，海螺公主带着乞丐来到了国王和王后面前，可是，两个人谁也不同意。

国王说："一个臭乞丐的话怎么能信？快来人，把他给我赶出去！"

这时，乞丐对海螺公主说："公主，信不信由你，我说的可都是真话。你如果相信我，就顺着我的拐杖印子来找我。"说完，乞丐就走了。

不管国王和王后怎么阻拦，海螺公主还是决定去找老乞丐问个清楚，她想：说不定，真有这么一位贡泽拉呢！

海螺公主沿着拐杖印子，不知走了多少天，来到了一个大草原上。她看见了一个放羊的牧童，就问："小弟弟，你有没有看见一个老人家从这儿走过去？"

牧童说："没有，我只看到贡泽拉从这里走过去，这儿的

牛羊都是他的。他是一个善良人，对我可好了。"

海螺公主一听，心想：原来老爷爷没有骗我，真的有一个叫贡泽拉的小伙子。

于是，她继续向前走，看见了一个放马的人，又问："老伯伯，您有没有看见一个老人家从这儿走过去？"

放马的人说："没有，我只看到贡泽拉从这儿走过去，这些马儿都是他的。他可是个善良的人。"

海螺公主一听，更加高兴了，但她还是不知道贡泽拉长什么样子。

又走了一会儿，她来到了一片开满鲜花的草地，看到了一个白头发老奶奶，又问："老奶奶，您见过贡泽拉吗？"

老奶奶说："他刚才还在这儿采鲜花呢，他说，要把这些鲜花献给他的新娘子。"

海螺公主继续走啊走，来到一片树林，遇见了一位白胡子老公公，问："老公公，您见过贡泽拉吗？"

老公公说："他刚才还在这儿砍树呢，他说，要为新娘子盖一间新房。"

海螺公主心想：贡泽拉果然是个善良又勤劳的人，只是不知道那位新娘子是不是我？

走着走着，海螺公主看见路边有好多五颜六色的旗子，还有一些小姑娘，就问："小姑娘，你们见过贡泽拉吗？"

一个小姑娘说："见过，见过，他刚才还在这儿插彩旗呢，他说，要把新娘子来的路边都插上彩旗！"

海螺公主又问："你们知道贡泽拉在哪儿吗？"

小姑娘说："他正在家里布置新房呢！就在前边！"

海螺公主抬头一看，哇，那是一座多么漂亮的新房啊！就像宫殿一样，而且，还是贡泽拉亲手盖的呢。这时，那个老乞丐从房子里走了出来。

他对海螺公主说："公主，我就知道你会来，我们结婚吧。"

海螺公主吓了一大跳，说："什么？我们结婚？"

老乞丐说："是啊，我就是贡泽拉啊！"

海螺公主说："贡泽拉不是一个小伙子吗？"

老乞丐说："你再仔细瞧瞧我。"

老乞丐说完，在原地转了个圈，忽然就变成了一个英俊的小伙子。

海螺公主一看，高兴坏了，心想：这就是我想嫁的人啊。

于是，他们马上举办了盛大的婚礼，一起过上了幸福的日子。

渔家女的眼泪

（非洲）

一个普通的渔家女嫁给了海王，她的眼泪把自己和海王分离了，又是她的眼泪让自己遇见了另一个丈夫，两人幸福地生活在一起，她的眼泪怎么会那么神奇呢？

很久以前，有一个渔夫，他是一个打鱼能手。他每天打来的鱼，除了供家里吃，还有很多剩下的可以拿去卖钱。日积月累，他攒下了不少钱，过上了衣食无忧的生活。

一天，恰逢休渔日，邻居们都在家休息。可是，渔夫没有鱼就吃不下饭，于是，他又出去打鱼了。收网的时候，网跟平时一样，也是沉甸甸的。只是一收上来啊，渔夫就吓傻了眼——网里只有一条鱼，而且是一条硕大无比的鱼。

还没等渔夫回过神来，大鱼说话了："我是这里的海王，

你每次来打鱼，我都给了你很多鱼，你还不知足？今天是休渔日，你还来打鱼，还把我给打上来了，让我的颜面尽失，不惩罚你，以后我还怎么统治这片海域？"

看着海王火冒三丈的样子，渔夫吓得浑身直哆嗦。

"我只给你一次补救的机会！"大鱼又说，"把你的一个女儿嫁给我，任何一个都可以。你现在回去跟她们商量一下，明天一早到这里来答复我。"

渔夫像木头一样点了点头，拖着沉重的步伐回到了家里。

渔夫回到家，就把刚发生的事跟妻子、女儿们说了。

"你们有谁愿意嫁给那个怪物，来挽救爸爸的命吗？"渔夫对着三个女儿说。大女儿和二女儿都低着头不说话。

小女儿想了想，鼓起勇气说："爸爸，我愿意嫁给那个怪物。如果我不这样做的话，我们都会成为孤儿的！"

就这样，为了帮爸爸赎罪，小渔家女嫁给了海王。海王也算是有情有义，他给渔夫下了丰厚的聘礼，并且举办了一场隆重的婚礼，让渔家女风风光光地当上了海皇后。

海王在海底有一座漂亮的宫殿，在海上的无人岛上也有一座。渔家女就住在无人岛上。海王每天都会有一半的时间生活在这里。

海王说："夫人，岛上没有其他的人类，你想要什么就跟我说吧！我都会满足你的。"

"我只是不知道，我饿了的时候该怎么办。"妻子回答道。

海王摸了摸妻子的鼻子，她马上睡着了。这时，海王摸了摸她的肚子，在她的肚子上开了一个洞，放了一些香肠到她的肚子里，放完后，海王念了一声咒语，肚子又合上了，没有一点儿疤痕。

完成后，海王把妻子叫醒，问她："夫人，你现在还饿吗？"

"我已经很饱了。"

"夫人，我会永远对你好的，但是你要记住不能破坏我的禁

令：从现在起，你不能哭，你要是哭了，我们就会永久分离的。"海王望着妻子说。

一天，海王告诉自己的妻子，说她的爸爸去世了。他带着妻子去参加葬礼，路上几次跟妻子说不要忘了禁令。妻子很伤心，但是在爸爸的葬礼上她没有流一滴眼泪。

不久以后，海王又告诉妻子，她的妈妈去世了。她又去参加妈妈的葬礼，并拼命地忍住没有哭。

"你真是个不孝的人，爸爸死了你不哭，妈妈死了你也没有掉一滴眼泪！"亲戚和姐姐们都纷纷指责她。

听了这些话，她再也忍不住，大声哭了起来。当她的第一滴眼泪落下来的时候，海王消失了，随从消失了，他们带来的财物全部都消失了，她又变成了原来渔家女的样子。

渔家女回不到她的宫殿了，她想留在姐姐家里，想要姐姐们给点儿吃的。可是，姐姐们拒绝了。她们说："对父母忘恩负义的人，不配享受父母留下来的食物！"

渔家女伤心极了，她哭着走向了海边，一次次呼喊着海王。

"我亲爱的夫人，你的眼泪虽然把我们分开了，但是也可以让你找到另一个丈夫。听我的话，去树林里找到最大的那棵树，努力爬到树上藏起来。" 海王的声音随着海风吹了过来，"当过路的王子来到树下休息时，你将眼泪滴到他的脸上，他就会将你娶回家，让你过上幸福的生活。"

她听从了海王的话，藏在了树林里那棵最大的树上。

邻国的王子和仆人们打猎回来正好经过这棵树，他们在树下躺着休息。渔家女开始悄悄地哭了起来，眼泪掉在王子的脸上。

王子往树上一看，发现一个美丽的女人躲在那里，脸上挂着泪珠。

渔家女从树上下来，王子被她的美貌迷住了，就问她愿不愿意嫁给他。

渔家女同意了，跟随王子进了王宫。两人举办了盛大的婚礼，渔家女又成了幸福的王妃。

后来，一场饥荒席卷了渔家女的故乡，她的姐姐们都逃荒来到了这个国家。渔家女不计前嫌，亲自接见了她们，给了她们房子和财物，让她们过上了幸福美满的生活。

仙鹤姑娘

（日本）

老头儿在雪地里救了一只仙鹤，不久，一个小姑娘到他家借宿，还给老两口当了女儿。那么，这只仙鹤和小姑娘有什么关系呢？

从前，有一对老夫妇。他们无儿无女，靠卖柴为生。

冬天到了，老头儿背着一担柴去街上卖。他刚出门不久，雪花就飘了下来。雪花飘啊飘，飘到老头儿的胡子上，把他的胡子都染白了。不过，老头儿可没被大雪吓倒，他一步步朝前走，走得还挺带劲。

"扑棱——扑棱——"

"咦？是什么声音？"

老头儿走过去一看，原来是一只仙鹤，它的腿被一个夹子

夹住了。仙鹤拼命地扑腾着翅膀，把雪花都扬了起来。

"真可怜！不要动，我现在就把夹子弄开。"

老头儿说着，就把仙鹤救了出来。

仙鹤终于自由了，它高兴地拍了拍翅膀，一下子飞了起来。它绕着老头儿飞了几圈，就消失在天空了。

晚上，老头儿一回家，就把白天的事告诉了老太婆。

"老头子，干得不错啊！"老太婆夸他说。

突然，"咚咚咚"，有人敲响了他们家的门。

老太婆赶紧去开门，门口站着一个漂亮的小姑娘，她有着乌黑乌黑的大眼睛，白白净净的脸蛋儿。

小姑娘说："老妈妈，我是一个过路人。外面太冷了，我能在这里住一晚吗？"

咦，大半夜的，一个小姑娘怎么一个人出门呢？老头儿和老太婆都觉得很奇怪。不过，他们还是让她进屋了。

老两口给小姑娘端来热水，让她洗脚；又端来热粥，让她吃得饱饱的。晚上，他们还拿出家里最暖和的被子，给小姑娘

盖上。

第二天早上，老头儿和老太婆一起床，就惊呆了：炉火烧得旺旺的，水缸里的水也是满满的，衣服洗好了，厨房里还飘来一阵阵香味呢！

"老爹爹，老妈妈，早上好！快来吃早餐吧！我已经把粥熬好了。"

老两口乐坏了，说："哎呀呀，你要是我们的女儿，那该多好啊！"

"我一个亲人也没有，不如，你们就认我做女儿吧。"小姑娘说。

老两口一听，更是乐得合不拢嘴。

就这样，小姑娘在他们家住了下来，喊老头儿爹，喊老太婆娘。

一天，老头儿对老太婆说："老婆子，新年要到了，咱们给孩子买件和服吧。"

老太婆为难地说："可是，咱们家这么穷，哪有钱啊？"

老头儿说："就算买不起和服，也总得给她买点

儿年糕吧。"

可是，老夫妇家里太穷了，不管怎么凑，也凑不齐买年糕的钱。

小姑娘知道这件事后，就跟他们说："爹，娘，从今天起，我要开始织布赚钱。不过，我织布的时候，可不喜欢别人在一旁看。"

老夫妇听了，连忙说："好，好，好，我们不看！"

于是，小姑娘就去织布了。三天后，小姑娘从房间里走出来，手里拿着一匹银光闪闪的布。

小姑娘把布给老头儿，说："爹，你拿到集市上去卖吧！"

老头儿抱着布，走到集市上。人们一看，都被吸引了过来。

"卖给我吧，我出十两！"

"不，不，卖给我，我出十五两！"

…………

最后，老头儿捧着满满一袋子钱，高高兴兴地回家了。

几天后，小姑娘又在房间里织起布来。织布机"吱吱嘎

嘎"地响着，老两口好奇极了。"老头子，我去偷偷看一眼吧，就一眼，应该不会有什么事的。"

"不要看！"

可是，已经晚了，老太婆已经从门缝偷偷往里看了。

"啊——"突然，老太婆吓得大叫一声，差点儿摔倒在地上。

"你看到了什么？"老头儿赶紧问。

"一只仙鹤，它正在拔自己的羽毛，用来织布哩！"

小姑娘听到动静，从房间走了出来。她的脸色苍白极了，手里拿着还没织完的布。

她说："爹，娘，我就是那只雪天被救的仙鹤呀，我是来报恩的。可是，我的秘密被发现了，就不能留在你们身边了。"

话音刚落，小姑娘就变成了一只仙鹤，不过，它全身上下光秃秃的，一根羽毛也没有。它向老两口点点头，"嘎——"的一声，就朝天空飞去了。

蚕公主
（日本）

温柔的公主遇上了恶毒的新王后，她们能好好相处吗？当王后要害死公主时，会有王子来救她吗？请看下面的故事吧！

古时候，有一个国王，他有一个温柔美丽的公主。公主刚刚长大，王后就病死了。于是，国王又娶了一个新王后。

新王后心肠歹毒，而且十分讨厌公主。一天，国王出去打猎了，新王后就想趁机害死公主。

"公主犯了死罪，把她丢到鹰山去喂鹰吧！"新王后吩咐武士。

于是，可怜的公主被丢进了鹰山。不过，鹰王见了美丽的公主，却不忍心伤害她。

"亲爱的公主，你放心，我不会吃掉你的。来吧，我送你回家！"鹰王张开巨大的翅膀，让公主爬上去，带着她飞回了王宫。

新王后见公主活着回来了，脸都气绿了。

"把她丢到野猪山去！"七天后，新王后又吩咐武士。

于是，可怜的公主又被丢进了野猪山。谁知，野猪王也不忍心伤害她。

"亲爱的公主，别怕，我不会吃你的。来吧，爬到我背上来！"野猪王让公主坐在自己背上，把她送回了王宫。

新王后见公主又回来了，鼻子都气歪了。

"把公主装进木桶里，埋到天井里去！"七天后，新王后又对武士说。

武士照办了。正好那天，国王打猎回来了。

"咦，天井里怎么有一道光呢？"国王对身边的随从说。

"以前没有的，大王！"

"赶快挖开看看！"

随从们挖呀挖，挖出来一个大桶。"呀！是公主！"随从们大叫着把公主扶了出来。

"女儿啊，这是怎么回事？你怎么会被埋在天井里呢！"国王疑惑地问。

"我也不知道怎么回事！我醒来的时候，就已经在木桶里了。"公主不愿意说出后母，就撒了个谎。

国王不相信，他把王宫里所有的人都叫来，问了个遍，可是，没有一个人知道这是怎么回事。好在公主没受伤，这事也就过去了。

七天后，国王又出去打猎了。这回可不能再错过了，新王后想。她让武士做了一个非常坚固的木桶，把公主装进木桶，扔到海里去了。

　　木桶在海上漂了很久，被一个打鱼的老人看到了。

　　"咦？这是什么？"老人把木桶捞上来，打开一看，里面躺着一个奄奄一息的姑娘，吓得后退了几步。

　　平静下来之后，老人急忙把姑娘带回家，准备去给她请大夫。可这时，公主已经停止了呼吸。老人伤心极了，眼泪一滴滴落下来，落在公主身上。突然，公主消失了，桌子上多了一个木盒子。老人吓了一跳，他战战兢兢地打开盒子一看，里面有很多又黑又细的小虫子。

　　"难道，这些小虫子是那位姑娘变的吗？"老人想，"我得好好喂养它们。"

　　他发现，这些虫子不吃别的，只吃桑叶。于是，他每天摘来新鲜的桑叶喂养它们。

过了七天，虫子们突然不吃桑叶了，老人非常担心它们死去，可又没有别的办法。这天夜里，他梦见了那位姑娘。姑娘说："老公公，我是一位公主，是被新王后害死的。现在，我的灵魂变成了蚕。我活着的时候，有一次，新王后把我丢到了鹰山；七天后，又把我丢进了野猪山；再过七天，又把我埋到了天井里；后来，把我放进木桶丢进了海里。从现在开始，每隔七天，我就有一天不吃东西，一共四次。请您不要担心，过了今天，我又会吃东西的，而且会长得更大。"

　　果然，第二天，蚕又开始吃东西了。很快，它们就长得白白胖胖了。

　　蚕的四次睡眠都过了，这天，老人又梦到了公主。公主说："再过七天，每只蚕都会结茧，您把茧晒干、抽丝，可以织出绫罗绸缎。您把绸缎拿到市场上，能卖很多钱。这算是我对您的报答吧。"

　　老人按照公主说的去做了，果然换了很多钱。

　　再说国王，自从公主不见后，他伤心得要命，白天哭，晚上哭，把眼睛都哭坏了。后来，他听说公主变成了蚕，就下令全国臣民一起养蚕，还要好好爱护它们。

粘在脸上的面具

（日本）

婆婆总是刁难媳妇，一天，
她带着一张鬼面具，想要吓唬吓
唬媳妇，没想到却害了自己……

很久以前，有一个小山村，村里住着一个婆婆和她的儿媳妇。

这个婆婆非常厉害，她自己整天什么都不做，却指使着媳妇做这做那。到了晚上，她还要媳妇把堆成山一样的豆子磨成粉。

媳妇是个老实人，从来不跟婆婆顶嘴，也不违背婆婆的话，总是心甘情愿地干完所有的活儿。她有一个习惯，无论干活儿到多晚，事情一做完，就去神社拜佛。

　　本来媳妇去拜佛，不关婆婆的事，可是，婆婆却看不惯了。她想：哼，你还有时间去拜佛？好吧，那我就多找点儿事让你做！

　　一天晚上，婆婆指着一大堆豆子，还有一大堆麦子，说："今天晚上，你把这两样都给我磨好！干不完，就别想睡觉！"

　　媳妇答应了，她干起活儿来可一点儿也不含糊，深夜的时候，终于干完了。于是那天晚上，她又去拜了佛。

　　婆婆心想：好吧，既然这样，那我就在你拜佛回来的路上埋伏着，吓你一大跳，看你以后还敢不敢去！

　　想着想着，婆婆心里乐开了花。

　　这天晚上，婆婆戴着鬼面具，躲在树林里，等着媳妇从这

儿经过。等了一会儿，媳妇的脚步声越来越近了。婆婆看准时机，嗖的一下，蹿到了媳妇面前。没想到，媳妇一点儿也不害怕，好像没看见一样往前走着。

婆婆很失望，就抄近路回家了。这时，媳妇还没有回来，婆婆忘了摘下面具，就钻进被窝睡觉了。

第二天一早，婆婆醒来后，发现自己还戴着面具，心虚地想：哎呀，不好！不知道有没有被媳妇发现。

婆婆伸手想把面具摘下来，可是，面具像生了根一样，紧紧地粘在她的脸上。她慌了，用尽全身力气去撕面具，可还是摘不下来。

婆婆只好把媳妇叫过来，说："媳妇啊，以前是我错了。现在，我弄成了这个样子，也算遭到报应啦。请你原谅我吧。"

她说得可怜极了，媳妇一听，赶紧说："婆婆，您不用自责，我原谅您了。"

接着，媳妇又为婆婆祷告起来："不管怎样，请饶恕我婆婆吧。"

说完，她就去摘婆婆的面具。这次，面具一下子就被摘下来了。

婆婆高兴极了，从此以后，她再也不刁难媳妇了，一家人过上了和和美美的日子。

懒惰的贞子

（日本）

懒惰的贞子把席子底下的小妖精们害惨了。小妖精们决定好好教训一下贞子，让贞子变成一个勤劳的人。小妖精们是怎么做的呢？

大家知道，日本人管床叫榻榻米。他们在榻榻米上铺一张干净的席子，就在席子上吃饭、休息、睡觉。据说，席子下面住着一群可爱的小妖精，它们非常爱干净，要是席子被人弄脏了，它们就会跑出来捣乱。

据说，北海道有一个懒惰的女孩，名叫贞子。贞子的家里很富有，每天，她一起床，就有仆人伺候她穿衣、洗脸、漱口、吃饭。而她自己呢，什么也不用干。

转眼间，贞子长到十七岁了，她依然不会自己穿衣、洗

脸，因此，没有一个小伙子喜欢她。

不过，幸运的是，有一次，一个武士专门从东京赶来，拜访贞子的父亲。很快，他向贞子求婚了。这个武士家里虽然穷，但是他强壮、勇敢，贞子一下子就被他迷住了。于是，她答应了他的求婚。很快，他们举行了婚礼。接着，贞子跟着丈夫来到了东京。

可是，丈夫家里连一个仆人也没有，这可怎么办啊？贞子不会洗手，也不会洗脸，只好每天躺在席子上，等着丈夫来服侍她。每天吃完饭，剔完牙，她就把用过的牙签往席子下面一丢。时间一长，臭臭的牙签就在席子下面堆满了。

"啊，好臭啊，好臭啊！"席子下面的小妖精都受不了了。

不久，丈夫去打仗了。这天晚上，贞子正在床上睡觉，突然，房间里传来一阵怪声。她打开灯一看，只见一群小小的武士

拿着战刀，从席子底下钻出来，正往被子里爬呢。

"啊！"贞子吓得大叫一声，想从床上跳下来，可是，地面上也全是密密麻麻的武士。她想用被子把自己包起来，可是，被子哪能挡住他们。武士们冲上来，举起战刀朝贞子砍去，贞子疼得哇哇叫。她手打脚踢，好不容易打走一批。可是，新的一批又来了。就这样，他们厮杀了整整一个晚上。

从那以后，每天晚上，贞子都要和小武士们打斗，她的身上布满了伤痕，一天比一天瘦。

半个月后，丈夫回来了。看到贞子憔悴的样子，他焦急地问："你这是怎么啦？发生什么事了？"

贞子再也忍不住了，她大哭起来，把这半个月发生的事告诉了丈夫。

"别怕，今天晚上，就让我来会会他们吧！"丈夫安慰贞子说。

夜深了，小武士们果然又挥舞着战刀，朝贞子砍去。丈夫让贞子躲在自己的身后，大吼一声就去迎战了。小武士们被丈夫的气势吓倒了，一个个现出了原形。

"啊哈！原来是一堆发霉的牙签啊！"丈夫大笑起来，他又觉得奇怪，"可是，怎么会有一堆牙签在这儿呢？"

贞子一听，顿时羞愧地低下了头。

从那以后，贞子再也不往席子下面扔牙签了，她变得勤快起来，自己洗手、洗脸，还能干一些家务活儿呢。而席子下面的小妖精们，再也不戏弄她了。

小姑娘、泥鳅和猴子

（日本）

善良的小姑娘总是去溪边喂泥鳅，还救了一只猴子。后来，小姑娘的后妈想害死她，泥鳅和猴子会来帮她吗？

在一个村庄里，住着一对夫妇，他们有一个活泼、善良的女儿。

一年，小姑娘的母亲去世了。几年后，父亲又娶了一个妻子。后妈不但长得丑，心眼儿也坏，经常叫小姑娘干又累又脏的活儿。

一个中午，太阳火辣辣地照在地上，后妈把小姑娘叫来，说："去，把田里的杂草给我除干净！"

小姑娘路过一条小溪时，看到一个男孩正抓着一条泥

鳅玩。

"放了它吧，你看它多可怜啊！"小姑娘对男孩说。

"这是我抓到的，为什么要听你的？"男孩生气地说。

"我拿一把豆子跟你换它，行吗？"小姑娘问。

"好吧。"男孩接过豆子，把泥鳅给了小姑娘。

小姑娘立刻把泥鳅放回了小溪，泥鳅摇了摇身子，就不见了。

第二天，小姑娘又去田里除草，刚走到小溪边，就看到了昨天的泥鳅，它正在水中欢快地跳舞呢。小姑娘扔给它一把谷粒，就往田里走去了。

从这以后，小姑娘只要经过小溪，就会给泥鳅扔一把谷粒。

一天，她正朝溪水里扔谷粒，刚好被后妈看见了。后妈生气地说："天哪，你这个败家子，竟然这么糟蹋粮食！"

说完，她就揪着小姑娘的头发，把她狠狠地打了一顿。

小溪里的泥鳅看到了，难过地想：完了，小姑娘再也不会来见我了。

没想到，几天后，小姑娘又来到了小溪边，给泥鳅丢了一把谷粒。

"泥鳅啊泥鳅，今天的谷粒没有以前多，请你不要生气。"小姑娘说。

泥鳅哪会生气呀，它看到小姑娘，高兴还来不及呢！

后妈越来越讨厌小姑娘，甚至想害死她。她知道南方的森林里有一个深潭，潭里住着一条恶龙。

于是，后妈将一把钱塞到小姑娘手里，说："听说你一直想买一件和服，我可以给你钱。不过，你得给我办一件事。南方的森林里有一个深潭，潭边开满了红菊花，你给我采一束回来！"

小姑娘一听，立刻高高兴兴地朝南方走去。她刚走进森林，就看到一个猎人拉开弓箭，正准备射一只猴子。

"请您放过它吧！"小姑娘赶紧阻止猎人。

"我为什么要听你的？一张猴皮值不少钱呢！"猎人说。

"我拿这些钱跟你换它，好吗？"小姑娘说完，拿出了自己买和服的钱。

"好吧。"猎人接过这些钱，就离开了。

小姑娘向猴子挥了挥手，朝深潭走去。远远地，她看到了一大片红灿灿的花儿，一个黝黑的深潭被花儿包围着。

"呀！红菊花！"她飞奔着向深潭跑去，哪知道，恶龙正在潭里等着有人靠近呢！就在小姑娘快跑到潭边时，一群泥鳅从潭里钻了出来，它们不停地甩动尾巴，把水面搅得一片浑浊，这样，恶龙就看不到小姑娘了。

小姑娘采完红菊花，唱着歌回家了。后妈一看，顿时气得半死。

过了几天，后妈做了几个毒饭团，然后躺在床上，对小姑娘说："女儿啊，我快要病死了，只有南山坡上的草药才能救我。你拿着这些饭团，去给我采药吧！"

小姑娘点点头，带着饭团进山了。她来到南山坡，采了一把草药，急急忙忙往家赶。

她走到小溪边，见泥鳅张着嘴望着她。"你一定是饿了吧。"小姑娘说着，把饭团扔给了泥鳅，可是，泥鳅碰都没碰

它，让饭团沉下去了。

这时，小姑娘有些口渴了，就喝了几口溪水。刚喝完，她就觉得有些疲倦，心想：我睡会儿再走吧！于是，她坐在一棵树下睡着了。

突然，一阵叮叮当当的响声把小姑娘吵醒了，她睁开眼睛一看，呀，树上竟然落下了一堆金叶子。

小姑娘惊讶极了，她抬起头一看，原来是她救过的那只猴子在向她扔金叶子呢。于是，小姑娘捡了几片金叶子回家了。

后妈见小姑娘又回来了，脸都气歪了，问："你把饭团吃了吗？"

小姑娘心想：不行，我不能告诉妈妈，我把饭团扔给泥鳅了。不然，妈妈一定会再打我一顿的。于是她说："我把饭团吃完了。"

"那后来呢？"

"后来，我喝了几口溪水，就坐在树下睡着了。醒来时，我发现树上掉下来不少金叶子，瞧，我还捡了几片呢！"

后妈一看，眼睛都发光了，心想：原来吃了毒饭团，只要喝几口溪水，就会没事，还能捡到很多金叶子呢。

于是，她马上做了几个毒饭团，跑到小溪边，全吃了下去，又喝了几口溪水，坐在树下睡着了。

不过，她这一睡，可就再也没有醒过来。

绘美和玲子

（日本）

绘美被后妈陷害，在山上迷路了，幸好，她遇见了一个老婆婆，老婆婆送了绘美一个宝贝。这个宝贝让绘美获得了幸福，它究竟是什么呢？

有个地方住着一对姐妹，姐姐叫绘美，妹妹叫玲子。绘美是前妻生的女儿，她比玲子长得漂亮，性格又温顺，人见人爱，后妈一直很讨厌她。

一天，后妈把姐妹俩叫来，给绘美一个大麻袋，给玲子一个小口袋，说："你们去山里捡栗子吧，记住，一定要把口袋装满，才准回家。"

姐妹俩来到山上，很快，玲子的口袋就装满了，于是，她早早地回了家。而绘美呢，她不停地捡啊捡，却怎么也装不满

大麻袋。

眼看天黑了，绘美还在捡着栗子。突然，远处有个
黑影一闪，绘美吓坏了，拔腿就跑。这时，天
已经黑透了，绘美什么也看不见，在山上
一通乱跑，跑着跑着，就迷路了。

这时，她发现前面有一点灯
光，高兴地想："那里一定有人
家，我去看看好了。"

于是，绘美朝着灯光走
去。原来是一间小房子，一个
老奶奶正坐在里面纺线呢。

绘美跑过去，敲了敲门，
说："老婆婆，我迷路了，能
让我在这儿住一晚吗？"

老婆婆走到门口，摇了摇头，
说："姑娘，你不能住这儿，我的两
个儿子是魔鬼，他们会把你吃掉的。我给
你指路，你赶紧回家吧。"

"可是，栗子没有捡满，妈妈一定会打死我的。"说完，
绘美把事情的经过讲了一遍。

"可怜的孩子，让我来帮你吧。"老婆婆说。

于是，老婆婆拿来一些又大又饱满的栗子，装满了绘美的
麻袋，还送了她一个小箱子和一把米，并对她说："这个小箱子

是个宝贝，你想要什么，只要喊一下那东西的名字，然后在箱子上敲三下，那东西就会出现在箱子里。回去的路上，万一碰到了我的两个儿子，你就把米嚼碎，敷在嘴边，躺下装死。"

绘美向老婆婆道了谢，沿着老婆婆指的路走了。

没过多久，一阵尖锐的笛声从前面传来。"不好，一定是老婆婆的两个儿子回来了！"绘美心想，她急忙把米嚼碎，敷在嘴边，躺在路上装死。不一会儿，一个红鬼和一个青鬼走了过来。

"嘿，老兄，有人味！"青鬼说。

红鬼走到绘美身边，仔细看了看，说："这是个死人！"

说完，两个鬼就吹着笛子走了。

等笛声一消失，绘美立刻爬起来，一溜烟地跑回了家里。

过了一些日子，村里来了个戏班儿。后妈带着玲子去看戏了，却把绘美留在了家里。

"不把家里的活儿干完，你就别想出去！"后妈说。

绘美点点头，开始干活儿。

不一会儿，女伴们来约她："绘美，跟我们一

起去看戏吧！"

"很抱歉，我的活儿还没干完呢。你们先去吧，我等会儿就来。"绘美笑着说。

女伴们说："这样吧，我们帮你干，干完了一起去看戏！"

说完，大家一起帮绘美干活儿，不一会儿，就把所有的活儿都干完了。

女伴们都穿着新衣服，可是绘美一件新衣服也没有，该怎么办呢？这时，她想起了老婆婆的小箱子！绘美把小箱子拿出来，说了声"新衣服"，又敲了三下，把箱子打开一看，里面果然躺着一套非常漂亮的衣服。绘美高兴地穿上它，和女伴们一起去看戏了。

在戏院里，一个少爷看到了绘美，顿时，他的心咚咚地跳个不停。他想：多美的姑娘啊，我一定要娶到她。于是，他向人打听了绘美的名字和她的家。

第二天，少爷带着一群侍从来到绘美的家，说明了自己的来意。后妈听了，眼珠一转，跑进去把绘美藏在柜子里，却把玲子精心地打扮了一番，出来迎接少爷。

少爷说："听说你们家有两个姑娘，让她们都出来吧。"

后妈只好把柜子里的绘美也叫了出来。绘美穿着破破烂烂的衣服，少爷没有认出她来。

少爷问："昨天去看戏的是哪位姑娘？"

"是她！"后妈指着玲子说。

"也许吧。"少爷不是很肯定地说，"这样吧，你们每人作一首诗，谁作得好，我就娶谁！"

说完，少爷让人拿来一个托盘，托盘上放了一只碟子，在碟子上放了一堆盐，再往盐里插上一根树枝，然后让两姐妹以此来作一首诗。

玲子一看，马上念道："托盘上放着碟子，碟子里放着盐，盐上插了树枝，就像一根木棍！"

绘美也念道："大地托着玉碟，玉碟中立着高山，洁白的山峰永远留存。傲然的青松啊！你同雪山同在！"

少爷听了玲子的诗，差点儿笑出声来；听了绘美的诗，却赞赏地点点头。他再仔细一看，哈，绘美果然就是昨天的那个姑娘！

他马上叫人抬来一顶华丽的轿子，把绘美接走了。

后妈一看，气得差点儿吐血，可是，她却一点儿办法也没有。

鲤鱼报恩

（日本）

善良的年轻人救了一条鲤鱼，
不久，他得到了一个好妻子。妻子又
漂亮，又勤劳，就连国王也想把她接
进宫呢。那么，姑娘愿意进宫吗？

在大海边，有一个小村子，村里住着一个老婆婆和她的儿
子。为了赚钱，年轻人每天不停地搓绳子，从早搓到晚，尽管如
此，他们家还是非常穷。

一天，年轻人去街上卖绳子，回来的时候，遇到一个鱼贩
子。这时，鱼贩子带来的鱼都卖完了，只剩最后一条鲤鱼。为了
把这条鱼卖掉，鱼贩子扯着嗓子喊道："降价啦！降价啦！快来
买呀！"

这时，那条鲤鱼还活蹦乱跳呢，年轻人见它可怜，就说：

"把鲤鱼卖给我吧。"

于是，年轻人拿出所有的钱，把鲤鱼买了下来。

他走到河边，把鲤鱼放进河里，对它说："快走吧，不要再被抓住了。"

鲤鱼摆摆尾巴，钻进水里去了。

这时，年轻人才想起来，手里没有钱，今天就不能买米回家了。这可怎么办呢？他垂头丧气地朝家里走去。

老婆婆见儿子没精打采的，就问："孩子，你是不是生病了呀？"

年轻人摇了摇头，把自己买鲤鱼的事说了。然后，他歉疚地说："妈妈，对不起，今天没有晚饭吃了。"

老婆婆笑着说："没关系，今天晚上，咱们将就着喝点白开水吧。"

说完，老婆婆去烧水了，突然，咚咚咚，有人在敲门。

"谁呀？"老婆婆一边说着，一边去开门，门外站着一位可爱的姑娘。

"姑娘，你有什么事吗？"老婆婆问。

姑娘恳求说："老婆婆，我要去走亲戚，可是天色晚了，能让我借宿一晚吗？"

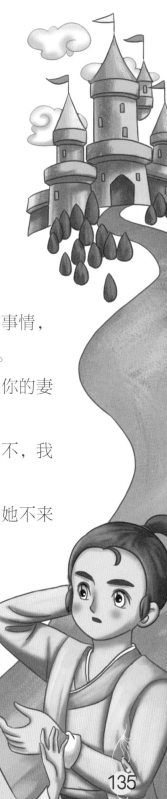

“这样啊，当然可以呀，不过我家很穷，今晚只能喝白开水。你要是不介意的话，就住下吧。”老婆婆说。

“没关系的，我愿意住下。”姑娘说。

第二天，他们以为姑娘要走了，可是，姑娘好像哪儿也不打算去，还对年轻人说：“我可以做你的妻子吗？”

年轻人虽然觉得奇怪，但还是很开心地答应了。妻子非常勤劳，每天一大早就起床打水、做早餐、扫地……一直干到很晚。

没多久，年轻人娶了一个又漂亮又勤快的妻子的事情，传到了国王的耳朵里。于是，国王想把姑娘接进宫里。

一天，一个大官来到年轻人家里，对他说：“让你的妻子去国王那里当仆人吧。”

年轻人吓坏了，连忙去找妻子商量。妻子说：“不，我决不去王宫！”

年轻人只好来到王宫，为妻子求情。国王说：“她不来也可以，你得给我一条用灰搓成的绳子。”

年轻人一听，脸色顿时变得苍白。他想：我每天都搓绳子，可从来没有用灰搓过绳子呀！

他闷闷不乐地回到家里，把国王的话告诉了妻子。

"不用担心，我有办法，你去搓一根比平常粗一些的绳子来。"妻子说。

很快，年轻人就把绳子搓好了。妻子把它放在一个盘子里，用火把绳子点燃，等到绳子烧成了灰，她对丈夫说："你端着它去见国王吧！"

年轻人把盘子端到国王面前，国王一看，非常惊奇。他又对年轻人说："你还得给我一口不用人敲却能响的鼓，我才能放过你的妻子。"

年轻人只好又垂头丧气地回家了，把国王的话给妻子说了一遍。

"放心，交给我好了。"妻子说。

她拿来一个筛子，取下上面的网，在两边贴上纸，又在纸上钻了一个小洞，放了很多蜜蜂进去，再把纸封上。她把筛子摇一摇，蜜蜂顿时在里面乱飞起来，撞在纸上，发出"咚咚咚"的声音。

年轻人高兴地拿着它去见国王了。国王吃惊地问："真是不简单哪，你是怎么做到的？"

"这都是我的妻子做的。"年轻人诚实地说。

国王听了，点点头说："多么贤惠的妻子呀，你要好好照顾她。"

接着，国王给了年轻人很多金子，还有一群牛羊，让他回家了。

年轻人一直不知道，那个姑娘就是鲤鱼变的，她是来报恩的呢。

手 巾
（日本）

有这样一块宝手巾，善良的人拿它擦脸，会变得越来越漂亮；恶毒的人拿它擦脸，就会变成一张马脸。这可真神奇呀！

一天，一个穷和尚来到一户人家门口讨饭。

一个相貌丑陋的女孩走出来，就对他说："和尚，你等等，我去给你拿些年糕。"说完就进屋了。

这时，刚好过完年，家里剩了很多年糕，女孩用纸包了一包，递给了和尚。

"谢谢你，善良的人，你一定会有好报的。"和尚感激地拿着年糕走了。

这时，女主人从屋里走出来，刚好看到这一幕，便把女孩

叫到一边，说："这和尚是骗吃骗喝的吧？你赶紧去把年糕追回来。"

女孩不敢违背女主人的意思，只好去追那个和尚了。

"和尚，请等等！"

和尚听见女孩叫他，就停下了脚步。

女孩跑到他跟前，把女主人的话告诉了他，然后不好意思地说："真是抱歉，请你把年糕还给我吧。"

和尚笑了笑，说："这事我早就料到了，不过，你还是一个善良的人。"

说完，他把年糕还给了女孩，还送给她一块手巾，说："这是一块宝手巾，你拿它来擦脸，就会变得越来越漂亮。"说完就走了。

女孩把宝手巾拿回去，每天都用它来擦脸。慢慢地，女孩竟然变成了一个漂亮的姑娘。

女主人见了，觉得很奇怪。一天晚上，她悄悄地来到女孩房间的窗口，想看看这到底是怎么回事。只见女孩拿着一块手巾，正对着镜子擦脸呢。她每擦一下，就变漂亮一点儿。

"呀，这可是一件宝贝呀！"女主人心想。

第二天，女主人趁女孩出门了，就跑到女孩的屋里，拿起那块手巾就往脸上擦。擦完后，她满意地去照镜子！

"啊！"女主人吓了一跳，镜子里出现的，竟然是一张马脸！女主人吓坏了，又拿起手巾使劲地擦起来，可是，原来的那张脸再也回不来了。

女主人只好派人把女孩找回来，女孩一见到女主人那张脸，就吓得尖叫一声。不过，她马上镇定下来，对女主人说："别急，我去找那个和尚，他应该有办法！"

说完，女孩就出去了。打听了半天后，女孩来到一座庙里，原来，那和尚真的是弘法大师。

"大师，请您救救我家女主人吧！"她请求说。

"只要她做一件好事，脸就会恢复。不过，她要是再做一件坏事，就又会变成马脸。"

女孩谢过弘法大师，就赶快回到家里，把弘法大师的话给女主人讲了一遍。

女主人一听，后悔莫及，从这以后，她经常施舍穷人，还拿出一些钱来修桥铺路。而她的脸呢，再也没有变成马脸了。

仙女的贝和舞

（日本）

妈妈生病了，孝顺的姑娘
每天都去神社祈祷，希望妈妈
的病早点儿好起来。她的愿望
能实现吗？

在一个小村子里，住着一对母女。有一天，姑娘的妈妈不
幸病倒了，看了很多医生也不见好。姑娘急坏了，每天都去神社
祈祷："神啊，只要妈妈的病能好起来，让我做什么都可以。"

一天，姑娘又来到神社祈祷。突然，一个仙女从神像后面
走了出来，说："神社里的神已经把你的事禀告了天庭，天庭派
我送一些海贝给你。你只要每天把海贝煮给你妈妈吃，她的
病就会好。"

说完，仙女就给了姑娘许多海贝。

姑娘还以为自己在做梦呢，她狠狠地掐了自己一把，很疼！

"啊，真的，这是真的！妈妈有救了！"姑娘激动地跳了起来。

仙女望着她笑了。姑娘不知道该怎么感谢仙女才好，就向她深深地鞠了一躬。

"你真是一个懂礼貌的姑娘，我还想让你看看仙女的舞蹈。你把它记住，就能得到幸福。"说完，仙女就优雅地跳起舞来。舞蹈一结束，仙女就不见了。

姑娘拿着仙女给她的海贝，飞快地跑回家，把这件事跟妈妈说了一遍。

妈妈高兴地说："孩子，那是因为你孝顺，仙女才会来帮助我们啊！"

从这以后，姑娘每天都煮海贝给妈妈吃，没过多久，妈妈的病就好了。可是海贝还没吃完呢，姑娘问妈妈："妈妈，剩下的海贝放在哪儿呢？"

妈妈想了想，说："把它们放进河里吧，以后有了更多的

海贝，就不会再有人受病痛的折磨了。"

姑娘照妈妈的话，把海贝放进河里了。

接着，她来到神社感谢神明。突然，她想起了仙女的舞蹈，于是学着仙女的样子，跳起舞来。

刚好这时，一个富家少爷来神社祈祷，他想让神赐给他一个美丽温柔的妻子。少爷看到姑娘在跳舞，一下子就被她吸引住了。他一直站在姑娘身后，默默地看着她跳完了整支舞。

"姑娘，你的舞真美！"少爷走过去说，"我正寻找一位美丽温柔的姑娘做妻子，我想我已经找到了。你能嫁给我吗？"

姑娘也对少爷一见钟情，于是害羞地点了点头。这时，她才明白仙女话里的意思。

不久，姑娘就和少爷结婚了。她把妈妈接到少爷家里，一家人过上了幸福的生活。

油店的女儿
（日本）

油店的主人每次卖油时，都在分量上做手脚，骗了乡亲们很多钱，因为这件事，他的女儿受了很多折磨……

从前，有一群年轻的武士。每天晚上，他们都会去江边钓鱼。一天半夜，他们正在钓鱼，突然，他们看见对岸闪起了奇怪的红光。红光闪了一会儿，就消失了。

一连三天，他们都看到了这种红光。其中的一个武士想：奇怪，这到底是什么光呢？我得去看看！

于是，他划着小船，到对岸去了。

上岸后，他看到了一间小破屋。他敲了敲门，一位美丽的姑娘跑出来，神色慌张地说："这是个可怕的地方，你不该来这

里，快回去吧！"

"这么晚了，你让我在这里留一晚吧！"武士请求说。其实，他是想弄清事情的真相。

姑娘没办法，只好把他带到一个柜子后面躲了起来，并对他说："听着，不管发生什么事，你都不要出来，千万不要出来！"

武士点了点头。

半夜的时候，外面突然传来一阵脚步声，接着，一个红鬼跳了进来，在屋里生了一团火。

"原来，这就是我们每晚看到的火。"武士想。

突然，红鬼一把抓住姑娘，把她放在火上，烤了起来。姑娘一边挣扎，一边放声大哭。可是，她怎么也挣脱不了红鬼的手，眼见姑娘就快被烧死了。

武士想冲出去救姑娘。可是，他想起姑娘的叮嘱，又犹豫起来。

幸好这时，红鬼把姑娘放了下来。

他吹熄了火堆，一眨眼，就不见了。姑娘又恢复了原来的样子，没受一点儿伤。

武士赶紧跑过

去，问："你没
事吧，这到底是怎么回事？"

姑娘低着头，伤心地说："我是大阪一个油商的女儿，我
父母卖油的时候，总在分量上捣鬼，骗了乡亲们很多钱，所以我
才会受这样的罪。请你一定要去我家一趟，把这件事告诉我父
母，让他们把家里的油都分给乡亲们。"

姑娘又撕下自己的一只衣袖，交给武士，说："你把这只
衣袖拿给我父母看，这样，他们就会相信你。"

"好，我一定帮你做这件事。"

第二天，武士就拿着衣袖出发了。他来到姑娘的家，对门
口的家丁说要见他们的主人。

家丁说："我家小姐得了重病，主人正守着她呢，他不会
来见你的。"

"我一定要见到他，这是你家小姐的嘱咐！"

就这样，武士和家丁吵了起来。油商听到吵闹声，走了出来，生气地对武士说："你到底有什么事？"

于是，武士把自己见到的事，还有姑娘的话对主人说了。

主人不相信，说："怎么可能有这种事！我女儿正在屋里躺着呢！她的妈妈和亲戚朋友们都围在她身边。"

"那请你看看这只衣袖吧。"武士说完，把姑娘的衣袖递给了油商。

油商一看，傻眼了，这不是女儿的衣袖又是什么呢？

"我明白了。"主人羞愧地说。

于是，他立刻把家里所有的油分给了乡亲们。没过几天，他女儿的病就好了。从那以后，江对岸的红光再也没有出现过。

雪姑娘的礼物

（日本）

一个大雪天的夜里，雪姑娘去借宿，大宅院的主人不愿收留她，破草房的主人却很乐意让她住。她给两家都送了礼物，你想知道她送的礼物是什么吗？

从前，有一个富人，他住在一座豪华的宅院里。宅院旁边，有一间破草房，里面住着一个穷老头儿。

一天晚上，下起了大雪，突然，咚咚咚，有人敲响了宅院的门。富人开门一看，原来是一个身穿白衣的姑娘。

姑娘说："我是个过路人，雪下得太大了，我看不清路，请让我住一晚吧。"

富人冷冷地说："我家没地方给你住了，你走吧！"

"哪怕一间柴房，一个角落也行啊，求您让我进来吧！"

姑娘再三请求。

富人仍然不肯答应，他说："一个角落也没有，我家里有病人，不能招待过路人。"

"可是，您家的房子这么大……"

"不用再说了，天很冷，我要关门了。"富人挥了挥手，砰的一声，把门关上了。

姑娘失望地转过身，又来到那间破草房门口，敲响了门。吱呀一声，老头儿把门打开了。

"老爷爷，我迷路了，实在走不动了，请让我住一晚吧。"姑娘说。

老爷爷亲切地说："姑娘，你受苦了！快进来，到火炉边暖暖身子。"

他把火炉里的火拨旺，又把剩下的稀粥在火上热了热，给姑娘吃。

"真是谢谢您，老爷爷，现在我才觉得自己还活着。"姑

娘流着眼泪，跟老爷爷道谢。那一晚，她就在破草房里睡下了。

第二天一早，雪停了。老爷爷开始做早饭，心想：雪停了，姑娘肯定会很高兴。可是，他煮好了粥，却不见姑娘起床。

"姑娘，起来看看吧，太阳已经出来啦！"

奇怪，怎么没人答应呢？老爷爷推开门一看，姑娘已经不在房里了。

"咦？姑娘去哪儿了？"

老爷爷掀开被子，只发现了一件湿漉漉的白衣服，衣服里还透着闪闪的金光。

老爷爷把衣服拿开一看，呀，竟然是一块闪闪发亮的金子！

从这以后，破草房里的老头儿渐渐富裕起来。而大宅院呢，就像富人说的那样，家里人经常生病。

"毒"药

（日本）

婆婆生病了，媳妇却在医生那里买了一桶毒药。她这是要干什么呢？她要毒死自己的婆婆吗？

村子里住着一对婆媳，她们俩都看对方不顺眼，几乎天天吵架。

有一次，婆婆生病了，媳妇起了歹念："这正是杀死老家伙的好机会呀！"

媳妇下定决心后，就去找了医生。

"医生，请你给我一点儿毒药吧。"

"毒药？你想要干什么？"

"我有一个婆婆，心眼儿可坏了，我要毒死她！"

医生听了，吓了一大跳。但他还是从柜子里拿出了一桶"毒药"，说："你把它拿回家，每天让你婆婆喝一碗，她就会慢性中毒而死，看上去就像病死的一样。记住，千万不能让她一次性喝多了，不然，她会立刻死去。那样的话，别人就会怀疑到你头上了。"

媳妇拿着药，高高兴兴地走了。她一回到家，就来到婆婆床前，说："婆婆，我给你买了药。把它喝了，你的病就会好的。"

从那以后，媳妇完全变了个人，对婆婆非常体贴。每次给婆婆喂药的时候，她都会想：反正她都是快死的人了，干脆对她好点儿吧！

有一次，她甚至流着眼泪说："婆婆，你要是死了，我也不想活了。你一定要好起来呀。"

婆婆一听，惊讶得下巴都快掉下来了。她怀疑自己是不是听错了，可是，那眼泪不会是假的呀！

"你真是一个孝顺的孩子！过去我一直欺负你，是我对不起你呀。"婆婆握着媳妇的手，眼泪汪汪地说。

就这样，婆媳俩每天都在温馨中度过。渐渐地，媳妇觉得自己太虚伪了，太坏了。

一天，她想：这么好的婆婆，我怎么能害她呢？实在是不应该有这种想法啊！

媳妇不想毒死婆婆了，她真心想要婆婆的病赶快好起来。

于是，她又去找医生："医生，我知道错了。请你把解毒药给我吧，求求你了。"

医生笑了笑，说："其实，上次我给你的药并不是毒药，而是给你婆婆治病的药。它不但能治病，还能杀死坏心眼儿呢。"

媳妇一听，恍然大悟。她千恩万谢地走了，回到家里一看，婆婆的病已经好了，精神也很不错呢。

"媳妇呀，要不是你，我的病也不会好得这么快。从今以后，咱们再也不要吵架了，和和美美地过日子吧。"婆婆说。

"好啊，婆婆。"媳妇使劲儿地点了点头。

孝女感动天
（日本）

姑娘有一个任性的婆婆。这个婆婆大冬天要喝茄子汤，暴雨天要喝鱼汤，姑娘能满足婆婆的心愿吗？

从前，有一个温柔又善良的姑娘，她嫁给了一个渔夫做妻子。渔夫常年在外捕鱼，家里就只有姑娘和婆婆。每天，姑娘一个人挑水做饭、洗衣打扫，忙得团团转，但她一点儿怨言也没有。

姑娘的这个婆婆，虽然年纪一大把了，头发也花白了，可她还像小孩子一样任性。一次，姑娘买菜回来，发现房子里、院子里，全都铺满了乱七八糟的稻草。

"天哪，难道家里来强盗了？"姑娘吓了一跳，赶紧到处寻找婆婆。她生怕婆婆被强盗掳走。

　　姑娘找啊找，最后，总算在院子外面找到了婆婆。这时，婆婆正和一群小孩子玩得尽兴呢！

　　姑娘走过去，问："婆婆，家里的稻草是怎么回事呀？"

　　"是，是我弄的。"婆婆低下头，小声地说，生怕儿媳妇责骂她。

　　谁知，姑娘一点儿也不生气。她捡起一把稻草，笑嘻嘻地说："嗯，这看上去很好玩呢，我们一起玩吧。"

　　婆婆一听，开心地拍起了手。

　　一个冬天的早上，婆婆刚起床，就嚷嚷起来："我要喝茄子汤！我要喝茄子汤！"

　　这下，姑娘可为难了。这大冬天的，上哪儿去弄茄子呢？

　　姑娘灵机一动，问："婆婆，没有茄子汤，茄子酱菜行吗？"

婆婆却固执地说："不行不行，我就要喝新鲜的茄子汤。不给我喝，我就不吃饭！"

姑娘叹了一口气，心想：我把茄子酱菜洗一洗，熬一锅汤，希望能骗过婆婆。

于是，她拿着茄子酱菜，来到一条小河边，卖力地洗了起来。洗着洗着，茄子酱菜就变了形状和颜色。呀，它竟然变成了新鲜的大茄子！

姑娘高高兴兴地把茄子拿回家，熬了一锅香喷喷的茄子汤。

有一年夏天，外面一连下了十多天暴雨，家里的鱼都快吃光了。

这时，婆婆又嚷嚷起来："我要喝鱼汤！我要喝鱼汤！"

姑娘说："婆婆，家里没有新鲜鱼了，我给您炸鱼片吃，行吗？"

"不行不行，我就要喝新鲜的鱼汤。不给我喝，我就不吃饭！"

没办法，姑娘只好提着鱼篓出门了。她想去碰碰运气，看能不能找到一两条小鱼。谁知，她刚跨出门，一条又大又肥的鱼就掉进了她的鱼篓里。她抬头一看，一只老鹰从空中飞过。原来，鱼是从老鹰的嘴里掉下来的。

姑娘转身回到厨房，给婆婆炖了一锅热腾腾的鱼汤。

很多人不明白，为什么姑娘总是这么幸运。后来，有人说，一定是姑娘的孝心感动了上天，连老天爷都在帮她呢！

严寒老人

（俄国）

巧姑娘每天辛勤地劳动，懒姑娘每天什么也不做。当她们都遇到严寒老人后，会发生什么事呢？

一座房子里，住着巧姑娘、懒姑娘，还有一位保姆。

巧姑娘聪明又勤快，天刚亮就起来生炉子、和面、扫地。懒姑娘却一直睡到大天亮，在床上躺腻了，才喊保姆帮她穿衣。等吃饱了，她就数苍蝇。数腻了，她就抱怨闷得慌。

这时，巧姑娘已经打水回来了。她还做了一个滤水的工具，她从来不闷得慌。

这天，巧姑娘打水时，突然，吊水桶的绳子断了，水桶掉进了井里。巧姑娘只好爬到井底去捞水桶。

她刚下到井底，就看到了一个炉子，炉子里有一个烤得金黄的包子。包子说："我被烤熟了，谁把我拿出来，我就跟谁走！"

巧姑娘用铲子把包子取出来，拿着包子往前走。

不一会儿，她看见一座花园，花园里有一棵苹果树，上面结着红彤彤的苹果。苹果说："我们已经熟透了，谁把我们从树上摇下来，我们就属于谁。"

巧姑娘用力地摇落了苹果，把它们装在围裙里，继续走。

走着走着，她看见一位满头白发的老人，正坐在冰制的长凳上吃雪团。他一动，白霜就从他头发上掉落。

严寒老人说："谢谢你，把烤好的包子和熟透的苹果给我带来。我可以还你水桶，但你要给我干三天活儿。做得好，我会给你奖赏；做得不好，对你可没什么好处。现在，你先去把鸭绒褥子拍松。"

严寒老人的房子是冰做的，好冷。巧姑娘走进去一看，原来，他说的鸭绒褥子是一床雪花褥子。巧姑娘把雪搅松后，手都冻

僵了。

严寒老人告诉她："不要紧，你用雪搓搓手，就会暖和起来的。"

说完，严寒老人还给巧姑娘看雪花褥子下面的小绿苗。巧姑娘问："为什么把小绿苗压在雪底下呢？"

"还没到春天，它们出来会冻坏的。我把雪盖在上面，自己躺在雪上，风就不会把雪花刮走了。等春天来了，雪化了，绿苗就可以出来了。"严寒老人说。

巧姑娘又问："冬天的时候，您为什么老敲别人的窗户呢？"

严寒老人说："我这是在告诉人们，别忘了关烟道！曾经有人就被浓烟熏死了。我还想告诉人们，要帮助穷人！"说完，他就休息了。

巧姑娘开始收拾屋子，做饭，缝补衣服。老人醒来后，他们一起吃了一顿丰盛的午饭。

就这样，一连过了三天。第三天，巧姑娘要走了，严寒老人在她的水桶里放了一大把银币，说："这是你干活儿赚到的钱，另外，我还要送你一枚钻石别针！"

巧姑娘谢过严寒老人，拿起水桶，别上钻石别针，回到

家中。

大公鸡见到巧姑娘，高兴地叫："喔喔喔！巧姑娘水桶里钱多多！"

知道事情的经过后，保姆说："懒姑娘，你也去挣点儿钱吧！"

懒姑娘可不愿意干活儿，不过，她想得到银币和钻石别针。于是，她滑到井底，看见了炉子里的包子。包子说："我已经被烤熟，谁把我拿出来，我就跟谁走！"

懒姑娘撇撇嘴说："哼，你自己出来吧，我不愿意动手呢！"

她继续走，又看到了苹果树。苹果说："我们已经熟透了，谁把我们从树上摇落，我们就属于谁。"

懒姑娘回答："哼，你们自己跳下来吧，我才不愿动手呢！"说完就走了。

不一会儿，懒姑娘也见到严寒老人。她毫不客气地说："我想干活儿，挣工钱。"

老人笑笑说："先把鸭绒褥子拍松吧。"

懒姑娘心想：哼，我才不愿意受累呢，随便弄一下吧。于是，她就随便弄了弄。

老人躺下后，让懒姑娘

去做饭。她到了厨房后，为了省事，将所有能吃的东西和所有的调料都放入了锅里，边放还边说："一样一样做，多麻烦。"

老人醒了，懒姑娘直接把锅端上来，连盘子都没用。严寒老人尝了一口，发现饭里全是沙子。懒姑娘尝了尝，也马上吐了出来。老人只好自己动手，做了一顿美味可口的午饭，懒姑娘吃得把盘子都舔了。

这时，老人提醒她，衣服还没有缝好。可是，懒姑娘刚拿起针线，针尖就刺破了她的手，只好赶紧丢下。老人不再指望懒姑娘做饭、缝补衣服，只好都自己做。

他做好饭，就叫懒姑娘吃饭，吃完懒姑娘就去睡觉了。她心想：这样多好，妹妹真笨！

到了第三天，懒姑娘向严寒老人要工钱。老人说："这三天是我为你干活儿，你该给我工钱。"

"可我在这儿住了三天。"懒姑娘急了。

老人说："那好吧，我也给你一点儿奖赏吧。"说完，把一个大银锭和一颗大钻石放在懒姑娘面前。懒姑娘激动地抓起这两样东西，跑回了家。

她回到家里，得意扬扬地说："我得了一个大银锭！一颗大钻石！"话刚说完，银锭就开始融化。原来，大银锭是一团冰冻的水银。那钻石也开始融化了。

这时，公鸡开始啼叫："喔喔喔！懒姑娘手里冰块握！"

美丽的芭赛丽娅

（俄国）

芭赛丽娅遭到继母的陷害，被送到了森林女巫那里。女巫让她干很多很多的活儿，她能让女巫满意吗？

芭赛丽娅是个善良、可爱的女孩，她原本拥有一个幸福的家庭，可是，自从妈妈去世后，一切就变了。

不久，爸爸就又娶了一个老婆，那是一个恶毒的妇人。她还带来了一个叫娜佳的女儿。娜佳又懒又丑，心肠跟她妈妈一样坏。

周围的人都喜欢芭赛丽娅，讨厌娜佳。这让继母很不高兴了，她想：是芭赛丽娅夺走了我女儿娜佳的光彩。

这天，继母看芭赛丽娅出去干活了，就偷偷地将一沓钱，

塞到她的屋子的柜子里。

　　然后，继母跑到丈夫那里去告状，说："芭赛丽娅是个小偷，我亲眼看到她偷了我们的钱！"

　　爸爸不相信，来到女儿的屋子里。可是，他在柜子里果然发现了那些钱。这时，芭赛丽娅刚好回来。爸爸没有听她解释，就气愤地打了她一巴掌。

　　第二天，可怜的芭赛丽娅被送到了森林女巫那里。女巫的房子在森林深处，周围长满了奇形怪状的树，像张牙舞爪的魔鬼一样。

　　芭赛丽娅的到来，让女巫非常高兴。现在，她总算有了一个好的女佣。她对芭赛丽娅说："我现在要出门，你要把房间打扫干净，把所有的脏衣服洗干净，还要织一块布，并在天黑之前，为我准备好晚餐。"说完，女巫就走了。

　　一天之内，哪能做完这么多事情呢？可是，又有什么办法呢，她只能尽力地去做。芭赛丽娅先是拿起扫帚，打扫房间。她刚扫完地，就听见

"砰"的一声，一个装着奶酪的碟子，掉在地上打碎了，旁边还蹲着一个吓得浑身发抖的小老鼠。

"小东西，你没事吧？"芭赛丽娅关心地问。

"你不怪我吗？我只是想吃点儿奶酪，没想到打碎了碟子。"小老鼠低声说。

芭赛丽娅笑了笑，把地上的碟子碎片拾了起来，把里面的奶酪全都送给了小老鼠。

"你太善良了，你要我为你做些什么呢？"小老鼠感动地问。

"不用了，我还有很多事情要做呢，你先吃吧！"芭赛丽娅有些难过地说。

"别急，交给我吧！"说完，小老鼠就叫来了同伴。很快，它们就把女巫吩咐的事情都做好了。

做完这一切，小老鼠们又跑回洞里去了，最后一只进洞的老鼠对芭赛丽娅说："谢谢你用香喷喷的奶酪，招待了我们的鼠王，以后，我们每天都会来帮你干活的。"

天刚一黑，女巫就回来了，她见芭赛丽娅做完了所有活儿，心想：芭赛丽娅真是个既勤快又心灵手巧的姑娘。

时间久了，女巫越来越喜欢芭赛丽娅了，她认为芭赛丽娅

是个善良的女孩，是不会偷她爸爸钱的。

于是，女巫找来了芭赛丽娅的爸爸，对他说："芭赛丽娅是个好姑娘，我找不到任何理由惩罚她。你把她带回去吧！将来她出嫁的时候，我还会送她一份珍贵的礼物。"

父亲听了，非常高兴，立刻将女儿领回了家。继母知道后，心里嫉妒极了。她把自己的女儿也送到女巫那里，心想：我女儿一定会得到更珍贵的礼物。

女巫吩咐娜佳干同样的活儿后，就出门了。可是，娜佳才不愿意干活儿呢，她躺在女巫舒服的椅子上，睡起了大觉。

不一会儿，鼠王跑出来，请娜佳给它一点儿奶酪吃。要知道，自从芭赛丽娅走后，它就再也没有吃过奶酪了。娜佳最讨厌老鼠了，她拿起一把扫帚，去追打鼠王。鼠王吓得赶紧逃回洞里，娜佳又躺到椅子上，继续睡觉。

晚上，女巫回来了，她见娜佳什么活儿都没有干，生气极了。接下来的日子，娜佳每天除了睡觉以外，什么也不做。女巫气愤极了，心想：你到这里来，难道是让我服侍你的吗？

这天，女巫找到娜佳的妈妈，让她把女儿领回去。娜佳的妈妈忙问："您要送给她什么礼物呢？"

女巫生气地说："你的女儿又懒又丑，我给她的礼物就是'终身嫁不出去'！"说完，她就拿起扫帚，把母女俩赶了出去。

套鞋和冰淇淋
（俄国）

姐弟俩都爱吃冰淇淋，可是，父母却很少让他们吃。一次意外，姐姐用破套鞋换来了买冰淇淋的钱。接下来，姐弟俩就开始想办法，怎么用套鞋换更多的冰淇淋……

从前，有一对姐弟，一个叫廖丽亚，一个叫明卡。他们小时候，都很喜欢吃冰淇淋，一见到冰淇淋，简直连命都不要了。

姐弟俩没事的时候就坐在一起，幻想着长大后每天吃上三四次冰淇淋。但事实上，他们却偶尔才能吃上一次冰淇淋，因为他们的妈妈怕他们吃多了生病，不给他们买冰淇淋的钱。

这年夏天，姐弟俩正在院子里玩。突然，廖丽亚发现了什么："看，那是什么？"

他们跑过去一看，原来，是一只破套鞋，不知是谁扔掉的。

　　廖丽亚将这只破套鞋顶在一根木棍上，举着它，在院子里跑来跑去。正巧，一个收废旧物的人看见了，就过来问廖丽亚："小姑娘，你的套鞋卖吗？"

　　廖丽亚以为他在逗自己玩呢，就说："卖！不过，你得给我一百卢布！"

　　收废旧物的人笑着说："一百卢布太贵了。小姑娘，我给你两个戈比吧。"

　　廖丽亚半信半疑地取下破套鞋，递给了收废旧物的人。没想到，他真的给了廖丽亚两戈比，那只破套鞋也被他塞进了麻袋。

　　这时，廖丽亚才相信这一切都是真的。姐弟俩都吃惊极了，他们没想到，一只破套鞋还可以换钱。

　　这时，一个卖冰淇淋的人走过来，嘴里喊着："卖草莓冰淇淋喽！卖草莓冰淇淋喽！"

　　姐弟俩连忙跑过去，用两戈比买了两个冰

淇淋。不一会儿，他们就吃完了。

因为前一天把钱花光了，所以第二天，姐弟俩又没有钱去买冰淇淋了。廖丽亚想了想，对弟弟说："我决定再卖一只套鞋给收破烂的。"

弟弟高兴极了，廖丽亚接着又说："不过，今天是捡不到套鞋了，可家里有很多套鞋呀，大概有十六只呢。我们卖掉一只，不会被发现的。"

廖丽亚说完，就拿了一只崭新的套鞋，回到院子里等那个收废旧物的人。一个小时过去了，收废旧物的人终于来了。廖丽亚让弟弟去卖鞋，并告诉他，让他多卖一点儿钱。

收废旧物的人走进院子，看见一个男孩在玩套鞋，就问：

"又卖套鞋？"

弟弟小声地说："是的！"

收废旧物的看了看套鞋，说："你们

怎么老是只卖一只套鞋。这只套鞋我给你们五个戈比。如果是两只套鞋，我会给你们二十个戈比。"

一旁的廖丽亚听了，赶紧对弟弟说："快去家里再拿一只套鞋来。"

弟弟听话地跑回去，拿来了一只很大的套鞋。收废旧物的人看了后，却说："不行啊，一只套鞋是女式的，一只是男式的，没有什么用处啊！这两只套鞋，我只能给你们四个戈比。"

廖丽亚一听："才四个戈比啊！"于是她打算亲自回家去拿套鞋。可这时，他们听到了妈妈的喊声。原来，妈妈喊他们回去和客人告别呢。

收废旧物的人一听，趁机说："我本来想给你们四个戈比，可现在，我只能给你们三个了。因为我和你们谈了这么久，浪费了很多时间。"

廖丽亚已经顾不了那么多，她接过三个戈比，拉着弟弟飞快地跑回家，开始跟客人告别。

忽然，奥利娅阿姨说："我的一只套鞋怎么不见了？"

廖丽亚和弟弟一听，脸色都发白了。

科里亚叔叔也说："我的一只套鞋也不见了。"

廖丽亚吓得松开了捏着钱的手，"当"的一声，三戈比硬币掉在地板上。

爸爸也在送客人，他问："廖丽亚，你这些钱是哪儿来的？"

廖丽亚支支吾吾，胡说了一通。

爸爸知道她在撒谎，就说："没有比撒谎更坏的习惯了！"

姐弟俩哭了起来，说出了实话。奥利娅阿姨和科里亚叔叔听了后，气得不得了。

爸爸忙对客人说："真是对不起，我这就把廖丽亚和她弟弟的玩具全拿来，卖给收废旧物的人，再用换来的钱给你们买新套鞋。"

廖丽亚和弟弟一听，号啕大哭起来。

可是，他们的爸爸并没有心软，接着说："不但这样，两年之内，我不允许你们姐弟俩再吃冰淇淋。这样两年过后，你们每次吃冰淇淋时，都会想起这件事的。"

接着，爸爸真的叫来收破烂的，把姐弟俩的玩具卖给了他，并用换来的钱，给奥利娅阿姨和科里亚叔叔买了新套鞋。

后来的两年里，姐弟俩真的没有吃过一次冰淇淋。两年后他们才又吃冰淇淋，而每次吃的时候，他们总会想起他们干的那件蠢事。

坦诚相见

（埃及）

善良温柔的公主嫁给了一个"富商"，但在新婚之夜，丈夫坦诚地告诉她，自己身无分文，只是一个骗子。最后，这两个彼此坦诚的人，能够幸福地生活在一起吗？

在埃及开罗，有一个贫穷的鞋匠叫马鲁夫。一次偶然的奇遇，他被神灵带到了另一座城市，并伪装成大富商，受到了国王的接见。

国王有意将公主嫁给马鲁夫，马鲁夫高兴地答应了。可是结婚当天，马鲁夫见到温柔美丽的公主后，心里却充满了歉疚。因为他只是一个穷小子，身无分文。他一直在说谎骗人，但他不忍心欺骗善良的公主。

公主见他唉声叹气，关心地问："今天是我们的大婚之

夜，你为什么如此难过呢？"

马鲁夫坦诚相告："美丽的公主，对不起。我说了谎话，欺骗了你。我不是富商，我什么都没有，我是个大骗子！现在，你要怎么惩罚我、处置我，我都听你的！"

公主的心"咯噔"一下。不过，她很快镇定下来，对马鲁夫说："请不要担心，我不会把你怎么样的。如今，你我已经是夫妻了，无论发生什么事，我都会站在你的身边支持你、帮助你。所以，我一定会替你保守这个秘密的。"

马鲁夫听到公主这样说，心里感动极了。

公主继续对他说："现在，我父王对你还半信半疑。如果父王识破你的骗局，恐怕就会招来杀身之祸了。"

"公主，我信任你，也喜欢你，请你救救我吧。"马鲁夫恳求说，"我一切都听从你的安排。"

公主望着他，轻轻地笑了："其实，你是个很聪明的骗子呢，居然把所有人都骗过了，连我的父王也一样。不过，你说谎骗人终归是不对的！我父王是个见钱眼开的人，才会把我嫁

给你。本来，宰相曾多次向我求婚，但他野心勃勃，想夺取王位，我一点儿也不喜欢他。你的骗子身份要是被揭穿，宰相肯定会趁机除掉你，娶我为妻。你还是赶快逃走吧。"

"可是……"马鲁夫很为难，"公主，我离开后，你怎么办呢？"

公主笑着说："我不会有事的。我给你一些钱，你跑得越远越好，找个不受我父王管辖的地方落脚，做些生意。等你安排好一切，就派人给我送封信来，我会想办法去找你的。"

马鲁夫听了，只能依依不舍地离开公主，连夜逃走了。没过多久，国王发现实情，立刻派人四处寻找马鲁夫。而马鲁夫呢，在途中又遇到了之前的神灵，神灵带他来到一座山洞，里面堆满了各种金银珠宝，漂亮的宝石闪闪发光。

于是，马鲁夫用山洞里的财宝买了几支驼队、很多名贵的香料和衣服，并带着几大袋子宝石、珍珠，率领驼队返回公主所在的城市。

公主知道马鲁夫回来后，非常吃惊，心里也担忧起来。让她意外的是，马鲁夫穿着华贵的衣服，身后跟着大批随从，那长长的驼队显得雄壮而威严。

"这是怎么回事？"公主急切地问。

马鲁夫揽住公主，将自己遇到神灵的事全部告诉了她。公主高兴地跳了起来，亲吻着他的手："感谢安拉！一定是因为你承认了自己的错误，这份真诚感动了安拉，安拉才会派神灵来帮助你。"

本来，国王和宰相认为马鲁夫是个骗子，一直在追杀他。可现在呢，马鲁夫成为了名副其实的超级富商，国王只能认可他成为公主的丈夫了。至于恨透了马鲁夫的宰相，被国王训斥了一顿，灰头土脸地离开了。

从此，公主和马鲁夫过上了幸福快乐的生活。

图书在版编目（CIP）数据

让女孩着迷的世界公主故事集.美德卷/花朵朵主编.
北京：化学工业出版社，2017.9
ISBN 978-7-122-30404-9

Ⅰ.①让⋯　Ⅱ.①花⋯　Ⅲ.①儿童故事-作品集-世界
Ⅳ.①I18

中国版本图书馆CIP数据核字（2017）第191021号

责任编辑：马鹏伟　丁尚林　　　　　　　文字编辑：李　曦
责任校对：宋　夏　　　　　　　　　　　装帧设计：知雨林文化

出版发行：化学工业出版社（北京市东城区青年湖南街13号　邮政编码100011）
印　　装：北京瑞禾彩色印刷有限公司
787mm×1092mm　1/16　印张11　字数120千字　2018年3月北京第1版第1次印刷

购书咨询：010-64518888（传真：010-64519686）　售后服务：010-64518899
网　　址：http://www.cip.com.cn
凡购买本书，如有缺损质量问题，本社销售中心负责调换。

定　　价：39.80元　　　　　　　　　　　　　版权所有　违者必究

PRINCESS